14

Le solitaire de Noël

MICHELLE DOUGLAS

Le solitaire de Noël

Traduction française de
JULIETTE FUHS

AZUR

HARLEQUIN

Collection : Azur

Titre original :
RECLUSIVE MILLIONAIRE'S MISTLETOE MIRACLE

HARPERCOLLINS FRANCE
83-85, boulevard Vincent-Auriol, 75646 PARIS CEDEX 13
Service Lectrices — Tél. : 01 45 82 47 47 - www.harlequin.fr
ISBN 978-2-2804-9170-9 — ISSN 0993-4448

Composé et édité par HarperCollins France.
Imprimé en octobre 2023 par CPI Black Print (Barcelone)
en utilisant 100% d'électricité renouvelable.
Dépôt légal : novembre 2023.

FSC
www.fsc.org
MIXTE
Papier issu de sources responsables
FSC® C159065

Pour limiter l'empreinte environnementale de ses livres, HarperCollins France s'engage à n'utiliser que du papier fabriqué à partir de bois provenant de forêts gérées durablement et de manière responsable.

1

Chloé poussa un juron en glissant sur le gravier détrempé de la cour. Qui aurait pu croire que les quelques mètres qui séparaient la maison de maître de l'annexe seraient aussi périlleux ? Ses pieds glissaient à chaque pas et elle manqua de perdre l'équilibre, se raccrochant à la dernière seconde à la poignée de la porte d'entrée comme si sa vie en dépendait. Une fois qu'elle eut retrouvé son équilibre, elle cogna le heurtoir avec plus de vigueur que de grâce, en marmonnant tout bas quelques grossièretés pour faire bonne mesure.

Bienvenue dans le Devon, Chloé !

Glacée jusqu'aux os, elle resserra les pans de son manteau en sautillant sur place pour se réchauffer. Comment pouvait-il faire si froid, alors qu'on n'était même pas en décembre ? Elle frappa de nouveau, les poings serrés parce que le bout de ses doigts commençait à perdre toute sensibilité, puis elle retira son portable de sa poche pour rappeler le dernier numéro composé.

Elle avait déjà tenté de joindre les habitants du manoir, à son arrivée, après s'être perdue à cause des indications complètement fantaisistes que les gens du coin lui avaient données. Apparemment, dans ce trou paumé, personne n'avait le moindre sens de l'orientation.

Elle entendit la sonnerie résonner à l'intérieur de la maison, juste avant que la porte s'ouvre. Elle tenta de raccrocher rapidement, mais ses doigts tremblaient trop.

— Chloé ! s'exclama Stéphanie Gladstone. Que vous est-il arrivé ? Vous êtes trempée !

La gouvernante, qu'elle avait brièvement rencontrée plus tôt dans la soirée, l'attira à l'intérieur et referma la porte avant de lui prendre son téléphone des mains pour mettre fin à l'appel.

— Venez, nous devons vous réchauffer.

En moins de temps qu'il n'en faut pour le dire, Chloé se retrouva installée devant un poêle dans la cuisine, débarrassée de ses habits mouillés, enserrée dans une confortable robe de chambre molletonnée, les cheveux relevés sous une serviette. Elle accepta avec reconnaissance la tasse de chocolat fumant que lui tendit Stéphanie et ferma les yeux pour savourer la première gorgée.

Hélas, la tasse avait juste atteint ses lèvres qu'un homme déboula dans la pièce, l'air féroce.

— Qu'est-ce que c'est que ce raffut ? tonna-t-il de toute la puissance de son impressionnante carrure. Et qui êtes-vous ?

En d'autres circonstances, elle aurait pu être impressionnée, mais pas aujourd'hui. Chloé l'avait immédiatement reconnu et elle bondit, prête à en découdre.

— Je suis Chloé Ivy Belle Jennings. Et si c'est là votre façon habituelle de vous adresser à vos employés, monsieur Beau Diamond, vous pouvez trouver quelqu'un d'autre ! J'ai été engagée comme paysagiste, pas comme laquais !

Elle eut au moins la satisfaction de le voir cligner les yeux. Stéphanie retint un gloussement, avant d'expliquer :

— Inutile de tempêter, Beau. Un tuyau a explosé dans l'appartement. George y travaille, mais il va falloir faire revenir un plombier.

— Et un peintre pour refaire le mur, compléta Chloé. Et le tapis est sûrement fichu.

— Bon sang ! Mais pourquoi n'avez-vous pas coupé l'eau ? lança-t-il en la regardant comme si elle était la dernière des idiotes.

Cette fois, c'était la goutte de trop. La journée avait été assez rude comme ça !

— C'est ce que j'aurais fait si j'avais su où se trouvait le robinet général ! Et puisque nous en sommes à poser des questions essentielles, j'aimerais savoir pourquoi vous m'avez alloué ce logement insalubre, explosa-t-elle.

La mise à disposition d'un logement faisait partie de son contrat et elle ne demandait pas grand-chose, sinon un endroit chaud... et au sec ! Les mains sur les hanches, Chloé fit de son mieux pour paraître aussi féroce que lui, mais elle songea soudain au spectacle qu'elle devait offrir dans sa robe de chambre rose et elle dut réprimer un rire, qui risquait de se transformer en fou rire hystérique.

Elle se détourna précipitamment pour avaler enfin une gorgée réconfortante de chocolat chaud.

— Vous ne pouvez pas rester ici.

Outrée, elle fit volte-face, et tendit un doigt menaçant.

— Si vous vous imaginez que je vais aller jusqu'au village en pleine nuit pour trouver une chambre, vous vous trompez lourdement, monsieur Diamond.

Il écarquilla les yeux comme elle avançait sur lui et Chloé nota au passage qu'il paraissait avoir été tiré du lit avec ses cheveux en désordre et son T-shirt froissé. Tant mieux ! Contrairement à elle, lui n'avait pas eu à patauger dans une eau glacée au saut du lit !

— Vous avez une idée du temps qu'il m'a fallu pour arriver jusqu'ici ?

Il secoua la tête comme s'il faisait face à une bête sauvage.

— Il s'est passé trente-quatre heures entre le moment où j'ai fermé la porte de ma maison de Sydney et l'atterrissage à Heathrow. Puis une heure de métro pour atteindre la gare de Paddington, et encore quatre heures de train jusqu'à Barnstaple. Parvenue là-bas, j'ai été retardée d'une bonne heure par un souci avec ma location de voiture. Mais selon mon portable, je devais ensuite profiter d'un agréable trajet ensoleillé de dix-sept minutes jusqu'au charmant village de Ballingsmallard. Après quoi, il ne me restait plus que deux minutes jusqu'à la résidence de Dawncarden Court, n'est-ce pas ?

Comme elle lui adressait un sourire suave, il s'éclaircit la gorge.

— C'est correct.

— Alléluia, me suis-je donc dit ! Hélas, ma géolocalisation m'a subitement lâchée, faute de réseau. Personne ne m'avait avertie que je n'aurais plus accès à la géolocalisation, raison pour laquelle je n'ai pas pris la précaution d'emporter une carte papier.

Elle secoua la tête avec une telle vigueur que la serviette chuta, révélant la masse folle de ses boucles, ce qui devait encore accroître son apparence de folle furieuse. Mais au point où elle en était, elle s'en contrefichait.

— Les gens du cru ne savent visiblement pas différencier leur gauche de leur droite ! J'ai été envoyée, non pas dans une, mais dans trois mauvaises directions ! Pourquoi ne m'avez-vous pas prévenue ?

— Combien de temps vous a-t-il fallu pour trouver Dawncarden Court ? demanda-t-il d'un ton moins agressif.

— Trois heures et dix-huit minutes, répondit-elle, la voix blanche de rage.

Il déglutit et se tourna vers Stéphanie.

— Je pensais que tu...

— Et moi, j'ai pensé que tu t'en étais chargé.

Chloé préféra les ignorer et conclut avec épuisement :

— Après toutes ces aventures, j'arrive enfin et je m'apprête à passer une bonne nuit de sommeil quand je suis tirée du lit par cette maudite canalisation qui a éclaté. Je suis en plein décalage horaire, épuisée, glacée, trempée et affamée. Alors n'imaginez pas une seule seconde que je vais ressortir dans ce froid glacial pour trouver un hôtel !

Les deux autres échangèrent un regard, puis Beau haussa les épaules.

— Nous pouvons au moins faire quelque chose pour apaiser votre faim, n'est-ce pas, Steph ?

— C'était en cours, indiqua celle-ci en jetant deux œufs dans une poêle chaude.

Chloé se sentait de plus en plus confuse, à présent qu'il se montrait aimable. L'épuisement ne l'aidait pas à faire la part des choses dans ses émotions.

— Je ne voulais pas vous causer de dérangement. Je voulais seulement être au chaud, au sec et...

— Et prendre un peu de repos, compléta la femme avec un sourire bienveillant. Ce qui est tout à fait compréhensible. Asseyez-vous et finissez votre chocolat, vous vous sentirez très vite mieux. Tu en veux une tasse, Beau ?

— Pourquoi pas ? répondit-il en s'installant sur une chaise à sa droite.

Chloé plongea le nez dans sa tasse. Est-ce qu'elle venait vraiment de hurler après son employeur comme une harpie ?

— Je vous dois des excuses pour m'être emportée, dit-elle enfin, sans lâcher du regard le contenu de sa tasse.

— Pas du tout, assura-t-il.

Mais plus elle repensait à son éclat, plus l'embarras enflammait ses joues. Comment le convaincre qu'elle n'avait pas pour habitude de perdre ainsi son sang-froid ?

— Demain, quand je serai reposée et prête à travailler, je vous présenterai des excuses correctes et...

— Vous pouvez me regarder quand vous me parlez, la coupa-t-il. Je ne mords pas.

Elle fit de son mieux pour réprimer l'irrépressible bâillement qui la saisit comme elle levait le visage vers lui. Il fronçait les sourcils mais sa voix avait perdu de son agressivité et elle était de toute façon bien trop fatiguée pour se soucier de savoir si elle aurait encore son travail le lendemain matin.

— Donc, vous aboyez, mais vous n'êtes pas dangereux ? traduisit-elle avec un petit rire.

— Vous avez cerné la bête, s'exclama joyeusement Stéphanie en déposant l'assiette d'œufs brouillés garnie d'un toast devant elle. Arrête de l'embêter et laisse-la manger, Beau.

Chloé décida qu'elle aimait cette femme pour de bon.

— Où comptes-tu installer Mlle Jennings ? demanda-t-il.

— Vous pouvez m'appeler Chloé, intervint-elle, la bouche

pleine. Mmm… Ces œufs sont les meilleurs que j'ai mangés ! commenta-t-elle en ouvrant de grands yeux.

— Dans la chambre jonquille.

— Merveilleux, soupira Chloé qui peinait de plus en plus à mâcher et à lever sa fourchette. J'adore les jonquilles, ce sont les fleurs les plus joyeuses avec les tournesols, les marguerites, les boutons d'or…

À présent qu'elle se sentait merveilleusement réchauffée, elle n'était plus sûre de pouvoir encore bouger. La voix de Stéphanie lui parvint de très loin :

— Elle est en train de partir…

Chloé sentit un bras puissant se refermer autour de ses épaules, ce qui la ramena immédiatement à la conscience.

— Pardon ! s'exclama-t-elle en se redressant brusquement. Je ne sais pas ce qui m'arrive. J'ai l'impression d'être ivre, pourtant je n'ai pas bu. Et j'ai le vertige…

— C'est sans doute le long trajet en avion qui joue sur votre équilibre. Quant au reste, vous avez voyagé deux jours sans dormir ni manger suffisamment. Il faut finir vos œufs et vous hydrater, dit-il en lui servant un verre qu'elle but avec avidité.

— Après cela, vous irez dormir aussi longtemps que votre corps en aura besoin.

Cette perspective lui parut divine.

— Mais nous avions un rendez-vous demain, non ?

Il reposa la main sur son épaule pour l'arrêter.

— Nous le reporterons. Demain, vous devez vous reposer.

Cette main chaude et rassurante était infiniment agréable à travers la robe de chambre, mais comme elle avait fini son assiette, Chloé fit l'effort de se lever avant de se laisser aller vers lui.

— Cela me paraît merveilleux, souffla-t-elle.

Une lueur dansait dans ses yeux et Chloé murmura dans un soupir rêveur :

— Vous avez les plus jolis yeux qui soient. Je ne l'avais pas remarqué à la télé.

Son sourire s'évanouit et il retira sa main.

— Moi, j'ai apparemment des sourcils qui me donnent l'air farouche, poursuivit-elle en se levant tout à fait. C'est ce qu'on m'a dit, et je crois que c'est grâce à eux que vous avez arrêté de m'aboyer dessus, tout à l'heure.

Elle s'interrompit, fronçant les sourcils en question.

— Pourquoi me laissez-vous dire toutes ces bêtises, vous deux ?

Stéphanie rit de bon cœur.

— Parce que votre franchise est délicieusement rafraîchissante, Chloé. Mais il est temps de vous mettre au lit. Venez, je vais vous conduire à votre chambre.

— Bonne nuit, Beau, lança la jeune femme en emboîtant le pas à la gouvernante. Je peux vous appeler Beau ou nous devons nous en tenir aux formels M. Diamond et Mlle Jennings ?

— « Beau » conviendra, marmonna-t-il comme elle sortait de la pièce.

— Je vais sans doute mourir de honte en repensant à ce que j'ai dit ce soir, s'inquiéta-t-elle vaguement.

— Mais non, s'amusa Stéphanie. Vous êtes exactement ce que le médecin a recommandé pour lui ! Vous n'imaginez pas à quel point je suis heureuse de vous voir à Dawncarden Court !

Chloé poussa un intense soupir de soulagement en ne voyant pas Beau Diamond dans la cuisine le lendemain matin. Elle mit en route la cafetière, impatiente d'avaler un bon café pour éclaircir son esprit embrumé.

— Bonjour, Chloé.

Elle poussa un hoquet de surprise en se retournant d'un seul coup vers l'origine de cette voix grave.

— Vous m'avez fait une peur bleue ! Euh… bonjour.

Il haussa un sourcil moqueur.

— Est-ce que vous avez volontairement traversé la maison sur la pointe des pieds ?

— Bien sûr que oui ! Je vous ai déjà assez dérangé la nuit

dernière ! Je voulais vous montrer que je sais être aussi discrète qu'une souris, en cas de besoin.

Il n'eut pas même l'ombre d'un sourire et Chloé déglutit.

— Ça ne vous ennuie pas si je prends une tasse de café avant de me rendre au village pour y trouver une chambre ?

Il était assez clair qu'il n'avait aucune envie de partager son vaste manoir. Venant elle-même d'une famille nombreuse, elle tenait à son intimité, toute relative soit-elle, et ne pouvait le blâmer.

— Prenez même un solide petit déjeuner, conseilla-t-il, ça aidera votre corps à s'ajuster au changement de fuseau horaire.

— Merci. Vous voulez un café ?

Il secoua la tête mais resta debout à la regarder. Dans la lumière froide de la fin de matinée, sa première impression se confirmait : il était aussi grand et impressionnant qu'elle l'avait imaginé en le voyant à la télé. L'énergie qui émanait de lui à travers l'écran était bien présente, elle aussi. En revanche, toute trace d'humour était clairement une erreur d'interprétation.

Quand elle regardait avec intérêt sa série documentaire, elle n'avait jamais soupçonné cette aura sombre et maussade. Cela dit, il n'était pas reparu à la télé depuis un an et les cicatrices de son visage témoignaient d'un accident sérieux. Malgré tout, il était parfaitement reconnaissable, et sans bien savoir pourquoi, Chloé en ressentait un certain soulagement.

— Est-ce que j'ai toujours un travail ? s'enquit-elle.

— Oui, dit-il en s'activant dans son dos, près du comptoir.

Chloé ferma un instant les yeux, intensément soulagée. Obtenir ce contrat pour aménager le jardin de Dawncarden Court lui permettrait de ne pas perdre la maison qu'elle avait achetée avec Mark. Du moins, pas tout de suite.

Elle avait accumulé tant de connaissances sur les jardins anglais pour ce projet que son cerveau avait bien failli exploser. Heureusement, ses efforts avaient payé, alors ce n'était pas le moment de tout faire capoter. Elle s'obligea à rouvrir les yeux pour affronter son nouveau patron.

— Je tiens à m'excuser correctement pour hier...

— Je ne préférerais pas.

Comme il ne s'était pas retourné, elle tourna la tête pour voir ce qu'il fabriquait. Du thé... Elle aurait dû penser à lui en proposer !

— Bon, pour ce que ça vaut, je suis vraiment désolée. Je ne m'emporte pas aussi facilement d'habitude.

— Le décalage horaire, justifia-t-il en posant une théière et deux tasses au milieu de la table, avant de s'asseoir en face d'elle. Comment vous sentez-vous aujourd'hui ?

— Comme si j'avais trop bu, mais sans le mal de crâne. Vous qui avez été globe-trotteur, vous n'auriez pas des astuces pour surmonter le décalage horaire ?

Avant qu'il ait eu le temps de répondre, Stéphanie entra et déclara avec son habituelle jovialité :

— Il faut que vous mangiez aux heures des repas plutôt que quand vous avez faim, que vous buviez beaucoup d'eau et que vous alliez marcher au soleil.

Chloé faillit avaler sa gorgée de travers.

— Au soleil ? C'est comme ça que vous appelez cette lumière pâlichonne ?

Beau se surprit à étouffer un rire, comme il l'avait fait plusieurs fois depuis la veille au soir.

— La lumière du jour, aussi pâle soit-elle, aidera votre corps à s'adapter au rythme d'ici.

— OK, OK, je vais essayer. C'est juste... Je n'avais aucune idée qu'il ferait aussi froid.

Il échangea un rapide regard avec Stéphanie. Inutile de lui dire que le temps n'était pas particulièrement froid pour la saison. Elle avait simplement quitté l'été australien pour débarquer en plein hiver anglais. Il lui faudrait quelques jours pour s'acclimater.

— Dès que vous serez suffisamment reposée, le froid ne vous paraîtra plus aussi insupportable, la rassura-t-il.

Stéphanie lui adressa un regard dubitatif qu'il ignora. Par

chance, elle n'insista pas et leur coupa une généreuse tranche de cake.

— Mangez. Ensuite, j'aurai une proposition à vous faire à tous les deux. Le gâteau aidera.

Beau sentit aussitôt son ventre se crisper. Qu'est-ce que Stéphanie avait en tête ? Allait-elle suggérer que la jeune femme reste au manoir pour la durée de son contrat ? Il avait beau savoir que c'était une décision sensée, tout en lui protestait à cette idée. Il préférait prendre à sa charge son hébergement au village.

Bon sang ! C'était sa maison, ses règles…

Stéphanie posa sur lui son regard perçant, comme si elle lisait dans ses pensées. Elle ne lui rappela cependant pas que ce n'était pas tout à fait sa maison et que, pour l'heure, c'était sa grand-mère qui prenait les décisions… Pas étonnant que cette dernière l'ait embauchée comme gouvernante vingt ans plus tôt, elles avaient les mêmes opinions sur pratiquement tous les sujets.

Du coin de l'œil, il observa l'expression de ravissement sur le visage de Chloé comme elle prenait une bouchée. De la langue, elle rattrapa une miette égarée au coin de sa bouche et Beau sentit son ventre se nouer, de désir cette fois. Mécontent de cette réaction involontaire, il mangea rageusement sa part.

Heureusement, la magnifique chevelure de feu de la jeune femme était retenue dans une tresse sage ce matin. La veille, quand la serviette avait libéré son incroyable crinière pour la laisser couler dans son dos, il avait été un instant subjugué.

— Inutile de faire cette mine, Beau, tu vas devoir m'écouter, lança Stéphanie.

— Comme je n'ai pas encore trouvé le moyen de te faire taire, répliqua-t-il, je n'ai guère le choix, en effet.

Elle lui répondit d'un rire.

— Qu'a dit George pour la fuite d'eau ? s'enquit-il.

— Que la plomberie était vieille. La dernière rénovation a eu lieu dans les années 1960. Par sécurité, il veut remplacer tous les tuyaux, car un autre pourrait exploser à tout moment.

George est notre homme à tout faire, expliqua-t-elle à l'intention de Chloé. Il s'occupe de réparer les clôtures et de remplacer les tuiles des bâtiments, il coupe aussi l'herbe et garde le potager en ordre, mais les jardins sont trop vastes pour une seule personne. Je vous présenterai à lui. Pour en revenir au dégât des eaux, le coût ne devrait pas être excessif parce que les dommages ont été découverts immédiatement, mais effectivement, il faudra remettre un coup de peinture et changer le tapis.

Beau poussa un soupir. Ce n'était pas la dépense qui l'ennuyait, mais de voir des ouvriers aller et venir sur la propriété. Il laisserait Stéphanie s'occuper d'eux.

— J'ai parlé à Julia hier soir. Julia est ma fille, expliqua-t-elle à Chloé. Elle est enceinte.

— C'est une merveilleuse nouvelle, félicitations, s'exclama la jeune femme avec chaleur.

Beau serra les mâchoires. Il ne voulait pas apprécier Chloé Jennings. Il ne voulait rien ressentir d'autre que de l'indifférence à son égard. Cependant, il ne pouvait ignorer qu'elle avait un sourire charmant. Et quand elle n'était pas furieuse, ses sourcils n'avaient rien de féroce.

— Tout va bien ? demanda-t-il, parce qu'il avait perçu l'inquiétude dans la voix de Stéphanie.

— Elle a des nausées et elle paraissait fatiguée... un peu morose.

— Mais le bébé ?

— Non, non, tout va bien, ils sont tous les deux en bonne santé. Je m'inquiète simplement pour elle. Elle voudrait que je passe Noël avec eux.

Julia vivait à Newcastle, à plus de six heures de trajet ! Si Stéphanie y allait, ce serait forcément pour quelques jours. Non qu'il ait besoin d'elle pour se faire à manger, seulement...

— J'aimerais partir quelques jours en congé, poursuivit-elle. Je n'ai pas pris de vacances depuis des années. En fait, je n'ai pas quitté le domaine plus d'un week-end par-ci par-là depuis deux ans. J'ai besoin de faire une pause. Une vraie.

Elle croisa les bras, l'air déterminé, et Beau sentit l'inquiétude le gagner. Il aurait voulu argumenter, mais elle avait raison, il n'avait aucun droit de la retenir, surtout si elle se faisait du souci pour sa fille. Et puis, même si lui s'en fichait éperdument, Noël était une période importante pour la plupart des gens. Il ne pouvait l'accaparer cette période. Néanmoins, il ne put réprimer une expression contrariée, car elle lança :

— Ne me regarde pas comme ça ! J'ai trouvé la solution idéale !

Comme il croisait les bras, buté, il sentit le regard de Chloé s'attarder sur lui. Vérifiait-elle s'il avait d'autres cicatrices visibles sous ses manches ? Il s'obligea à revenir à Stéphanie.

— Quelle solution ?

— Si Chloé reste sur place, elle pourrait me remplacer quelques semaines.

— Oh ! mais..., commença cette dernière avant de laisser mourir toute protestation. En quoi ça consisterait ?

Beau comprendrait qu'elle se dégonfle : il était compliqué de s'opposer à Stéphanie.

— Pas grand-chose. Préparer le dîner, un peu de ménage aussi. Une entreprise de ménage vient une fois par semaine, mais ils n'ont pas accès aux appartements de Beau, donc il faut passer un coup d'aspirateur et faire la poussière là-bas. Le supermarché du village peut vous livrer ce dont vous aurez besoin et...

— Et rien du tout ! la coupa Beau. Je peux m'occuper de tout ça. Je sais faire à manger et le ménage aussi bien que n'importe qui.

Steph leva un sourcil.

— Et tu es prêt à te charger également des entreprises de ménage et de réparation... C'est ce que je me disais, conclut-elle en lisant la réponse sur son visage. Et avant que tu le suggères, non, nous n'annulerons pas leur venue. C'est le domaine de ta grand-mère : même si tu en hériteras un jour, c'est elle mon employeur et ce genre de vieille propriété peut partir en lambeaux si on ne l'entretient pas. Alors, nous allons suivre ses instructions.

Beau retint un juron.

— Combien de temps seras-tu partie ?

— Je rentrerai après le nouvel an.

— Six semaines !

— Amplement méritées, Beau, tu le sais ! J'ai besoin de repos et ma fille a besoin de moi.

Il se passa une main lasse sur le visage. Par-dessus la table, les yeux sombres de Chloé ne le lâchaient pas.

— Tu as vu cette jeune femme en action, hier soir. Elle n'est clairement pas du genre à se faire marcher sur les pieds, ni par les entrepreneurs ni par la presse. Elle se débrouillera très bien.

Beau lança un regard noir à Stéphanie. Il aurait voulu aboyer qu'elle n'avait pas le droit de partir.

— Si l'idée vous déplaît à tous les deux, je peux aussi faire venir une gouvernante d'une agence...

— Certainement pas, l'interrompit-il.

Hors de question d'avoir encore une nouvelle tête dans les parages. Il ne pouvait se fier aux étrangers, l'expérience le lui avait amplement prouvé. Il ne pouvait sans doute pas faire confiance à cette Chloé Jennings, mais son travail était de loin le meilleur et elle l'avait impressionnée par ses connaissances sur les écosystèmes anglais. Surtout, il lui avait fait signer une clause de confidentialité. Si elle tentait de faire fuiter des photos à la presse, il la poursuivrait, lui prendrait jusqu'à son dernier sou et détruirait sa réputation professionnelle, en prime.

— Alors ? Vous commencez à admettre que ma solution est la bonne ? s'enquit Stéphanie.

— Chloé n'a pas donné son accord à cet arrangement, Steph, et je ne vois pas pourquoi elle le ferait.

— Bien sûr que si ! N'est-ce pas, Chloé ? Pour une excellente raison : vous recevrez une paye substantielle, en plus de votre salaire pour l'aménagement du jardin.

Le visage de la jeune femme s'éclaira et Beau se tendit, immédiatement sur ses gardes. L'argent semblait l'intéresser. Jusqu'où serait-elle prête à aller pour en obtenir ?

— Je n'y vois pas d'objection, dit-elle enfin en lui jetant un regard incertain. Mes talents de cuisinière sont passables et je m'en sortirai côté ménage ; seulement, je tiens à ce que les choses soient claires : mon contrat de jardinage passe en premier et...

— Parfait ! s'exclama Stéphanie. Je vais faire mes valises.

Beau posa un regard dur sur Chloé. Il savait qu'en cet instant, son visage devait être effrayant. À son crédit, elle ne sembla pas s'en émouvoir.

— À mon tour d'être parfaitement franc sur un point, annonça-t-il durement. La clause de confidentialité que vous avez signée vaut également pour cet emploi temporaire de gouvernante. Est-ce clair ?

— Parfaitement. L'intimité est un sujet sensible, à ce que je vois, commenta-t-elle en lançant un regard à Stéphanie.

— Absolument. Si ça ne tenait qu'à lui, il ne sortirait jamais du domaine et refuserait de voir qui que ce soit. Raison pour laquelle c'est vous qui devrez gérer les ouvriers pour les travaux, et toute personne qui viendrait frapper à la porte.

— Parce qu'il y a des gens qui viennent sans s'annoncer ?

— Plus tellement, ces derniers temps, mais il y a tout de même un journaliste de temps à autre. Apparemment, le prix d'une photo actuelle de Beau serait estimé à plus de vingt mille livres.

Chloé sursauta si violemment que Beau crispa les poings.

— Vous plaisantez ?

— Absolument pas, lâcha-t-il sombrement. D'où mon insistance à vous faire signer cette clause de confidentialité. Si vous ne la respectez pas, je vous prendrai tout ce que vous avez.

Ses yeux s'élargirent un instant, puis ses sourcils reprirent leur accent menaçant.

— Je n'ai aucune intention de briser mon contrat, monsieur Diamond. Mais si vous craignez que je ne le fasse, ne vous gênez pas pour prendre d'autres arrangements avec une agence de gouvernantes, pendant que j'irai me trouver une chambre au village. Je serai heureuse de discuter avec elle des décisions concernant le jardin.

Il secoua la tête. Il n'en était pas question, les jardins étaient trop précieux à ses yeux.

— Plus j'y pense, plus le plan de Stéphanie me paraît sensé, admit-il à contrecœur. Et je préfère vous avoir ici, où je peux garder un œil sur vous, plutôt qu'au village où vous pourriez être tentée de répandre des rumeurs.

Stéphanie, qui s'était mise à débarrasser la table, tapa joyeusement dans ses mains.

— Le seigneur et maître a parlé ! Excellent !

Chloé se laissa retomber contre son dossier, comme une plante en manque d'eau et Beau se sentit vaguement coupable. Il se comportait comme une brute depuis l'accident, seulement elle devait comprendre l'importance de la clause. Et puis, il ne l'avait pas directement accusée de vouloir vendre des photos à la presse !

— Vous n'avez pas franchement l'air ravi, commenta Chloé, pince-sans-rire.

— C'est son expression permanente depuis l'accident, expliqua gaiement Stéphanie. S'il n'y prend pas garde, il finira avec cet air revêche.

Beau se retint de lever les yeux au ciel. Avec les cicatrices qui le défiguraient, quelle importance qu'il n'ait pas l'air aimable !

— Quand comptes-tu partir, déjà ? attaqua-t-il, comme s'il n'avait plus la patience d'attendre.

— Ces joutes verbales font-elles partie du descriptif de poste ? s'enquit Chloé en riant.

— Absolument, admit Stéphanie.

— N'y pensez même pas ! grogna-t-il au même moment.

— Êtes-vous vraiment un lord anglais ?

— Non, c'est seulement ce que Stéphanie considère comme une plaisanterie…

— J'aime beaucoup son sens de l'humour, à titre personnel.

Lui aussi, même s'il ne l'admettrait pas devant elles deux.

— Si cela peut vous consoler, votre salaire sera généreux.

— Une consolation pour quoi ? Votre mauvais caractère ? J'imagine que le temps me le dira, déclara-t-elle sans attendre sa réponse. Bon, puisque c'est mon dernier jour de loisir, je vais aller faire une promenade pour dissiper les effets du décalage horaire.

Chloé à peine partie, Stéphanie se tourna vers lui, le visage sévère.

— Si tu m'avais un jour parlé comme tu as parlé à cette jeune femme, j'aurais démissionné sur-le-champ. Elle n'a rien fait pour mériter ta suspicion ou ta grossièreté. Tu es en train de devenir un homme colérique et amer, Beau. Tu dois agir !

— Vraiment ? Et pourquoi ? Je suis tout seul ici la plupart du temps. Mon sale caractère ne gêne personne.

— Ce n'est pas une façon de vivre ! Tu t'es reclus ici, et qu'est-ce que ça t'a apporté ? Tu gâches ton talent, tu...

— Le monde ne veut plus de mon talent, trancha-t-il.

Bientôt, il aurait un jardin digne de ce nom à entretenir et alors, l'existence ne lui paraîtrait plus aussi vaine.

Peut-être alors trouverait-il les ressources pour faire preuve de politesse et de civilité.

2

— Tu devrais voir Dawncarden Court, maman, c'est incroyable ! s'exclama-t-elle avec entrain avant que sa mère commence à se plaindre qu'elle ne soit pas là pour Noël.

Elle avait gâché l'ambiance des deux derniers et cette fois, Chloé était fermement décidée à laisser sa famille profiter des fêtes. Cette année, la maison de ses parents méritait d'être remplie de rires et de joie, alors elle ne leur donnerait aucune raison de s'inquiéter pour elle.

Elle avait néanmoins promis de leur donner des nouvelles en appel visio une fois par semaine. Avec un peu de chance, il serait plus facile de feindre l'enthousiasme à des milliers de kilomètres. Le visage de sa mère s'approcha de l'écran, comme si elle essayait de lire en elle.

— Tu n'es pas d'humeur chagrine, n'est-ce pas, ma chérie ?

— Je vais très bien ! la coupa-t-elle. C'est une aventure incroyable et je compte profiter de chaque instant. Quand tu verras les photos, tu comprendras.

En attendant d'envoyer des « preuves » de son extase, elle fit de son mieux pour décrire le domaine. Cependant, elle n'avait pas encore visité le jardin clos dont elle devrait s'occuper. Elle avait trouvé le mur qui l'encerclait, mais la porte en était fermée. Quand elle l'avait mentionné à Stéphanie, celle-ci lui avait montré le crochet où la clé était suspendue.

— La prochaine fois, je vous appellerai depuis le grand hall, vous serez...

Soudain, une large main referma brusquement l'écran de son ordinateur. Stupéfaite, elle découvrit Beau de l'autre côté de la table, le regard assassin. Chloé prit subitement conscience qu'elle était seule avec un homme qui ressemblait dangereusement à Barbe-Bleue, dans le conte du même nom.

Pourquoi n'avait-elle pas posé davantage de questions à Stéphanie à son propos ? Elle aurait au moins dû s'assurer qu'il avait toute sa tête. Mais elle avait tellement besoin de ce contrat qu'elle s'était surtout préoccupée de ses propres références au lieu de s'interroger sur les siennes.

— Déjà en train de me vendre, mademoiselle Jennings ?

Quand elle comprit ce qu'il avait cru, son sang ne fit qu'un tour et la peur se transforma en fureur.

— Qu'est-ce qui ne tourne pas rond, chez vous ?

Sa propre réaction la prit de court. Elle venait encore une fois de lui crier dessus, alors qu'elle ne criait jamais. Seulement, ces insinuations méritaient d'être violemment rejetées. Sans compter que ses réserves de politesse et de douceur avaient été sérieusement entamées au cours des mois précédents pour donner le change à sa famille. Après le cauchemar de son arrivée ici, elle avait baissé la garde et elle n'avait tout simplement plus les ressources pour feindre la gentillesse et la douceur.

— Vous avez pensé à entreprendre une thérapie ? lança-t-elle en lui retournant son regard noir. Parce que vous êtes complètement paranoïaque.

Il serra plus fort ses mâchoires carrées.

— Paranoïaque ? Vous étiez en train de donner des détails sur le domaine pour permettre à un photographe de trouver la meilleure planque ! Et vous promettiez en plus des photos de l'intérieur de la maison ! Où est la paranoïa, là-dedans ? Alors, vous pouvez aller immédiatement faire vos val...

— Espèce de crétin ! Je parlais à ma mère, pas à un journaliste ! Bon sang ! Quand est-ce que vous allez vous mettre dans le crâne que je ne vais rien vendre à la presse ?

Ils s'affrontèrent un instant du regard, le souffle court.

— Votre mère ? reprit-il enfin, en détendant légèrement ses épaules.

— Ma mère, oui ! Et vous allez faire sa connaissance tout de suite !

Elle rouvrit l'écran de son ordinateur.

— Je ne donne d'interview à personne, marmonna-t-il.

— Ce n'est pas une interview. Et si vous ne lui parlez pas, je m'en vais, lâcha-t-elle en croisant les bras. J'ai besoin de ce contrat, plus que vous ne pouvez l'imaginer, mais je n'accepterai pas pour autant d'être traitée de la sorte. J'ai subi assez d'injustices dans ma vie ! Et il est hors de question que ma famille soit traitée ainsi. Ma mère s'inquiète déjà bien assez comme ça pour moi.

Sans attendre de nouvelles protestations, elle cliqua sur l'icône de l'appel vidéo et sa mère reparut à l'écran.

— Que s'est-il passé, chérie ?

— La connexion est un peu capricieuse ici, expliqua-t-elle en jetant un regard d'avertissement à Beau. Bref, tout est revenu. Je vais devoir retourner travailler, maman, mais je me suis dit que tu voudrais rencontrer mon employeur, Beau.

Comme elle lui lançait un nouveau regard noir, il daigna enfin faire le tour de la table pour apparaître à l'écran. Elle nota qu'il prenait soin de tourner légèrement le visage de façon à garder le côté le plus abîmé dans l'ombre.

— Bonjour, madame Jennings, c'est un plaisir.

— Oh ! je suis contente de vous rencontrer, monsieur Diamond ! Vous avez l'air d'être un solide gaillard, je suis sûre à présent que vous veillerez sur notre Chloé. Quand elle est dans un jardin, elle oublie le temps et ne pense plus à manger ou à se reposer.

Elle vit un lent sourire se dessiner comme à contrecœur sur son visage.

— Je promets de m'assurer qu'elle prenne trois vrais repas par jour. De toute façon, pour les prochaines semaines, elle sera aussi gouvernante, alors elle sera bien obligée de regarder sa montre et de veiller aux repas…

— Gouvernante ? C'est nouveau...

— Eh oui, la fille de la gouvernante du domaine est enceinte et celle-ci souhaite la rejoindre pour les fêtes de fin d'année. Heureusement, Chloé a accepté de reprendre son rôle pour quelque temps. Votre fille est dotée de multiples talents.

Le regard de sa mère se chargea soudain de malice.

— Vous avez remarqué ? Ma chérie, pourquoi n'irais-tu pas travailler pendant que Beau et moi discutons ?

— Il n'y a pas moyen, maman, trancha-t-elle en ramenant l'écran vers elle. Je ne vais pas te laisser épuiser ce pauvre homme avec une tonne d'instructions.

Hélas, Beau ne bougea pas. Pire, il tourna l'écran vers lui.

— Aviez-vous d'autres questions à me poser, madame Jennings ?

— Oui, je vous avoue que nous nous inquiétons de la savoir loin de nous pour Noël.

Chloé émit un grognement et laissa tomber sa tête entre ses mains.

— C'est une fête très importante pour nous. Je sais que vous êtes un homme occupé, mais si vous pouviez trouver le temps de veiller sur notre Chloé, ce serait merveilleux. Je comprends son besoin de rester occupée, mais se rendre malade n'aidera personne.

— Maman, je ne vais pas tomber malade. Je compte au contraire profiter à fond de mon séjour, tu te rappelles ?

Hélas, sa mère poursuivit, comme si elle n'avait rien dit :

— Si elle vous semble parfois particulièrement morose, je ne sais pas... peut-être pourriez-vous trouver un moyen de lui remonter le moral ?

Chloé fit de son mieux pour ravaler un rire. Beau, remonter le moral à qui que ce soit ? Ce serait un comble.

— Je ferai de mon mieux, dit-il avec un sourire.

— Merveilleux, c'est tout ce que je voulais entendre !

Beau la laissa enfin reprendre le contrôle de son appareil.

— Tu t'inquiètes trop, maman. Tout ira bien. Je te rappelle dans quelques jours. Je t'aime.

— Je t'aime aussi, ma chérie.

Elle referma l'écran, avant de se lever rapidement, car la proximité de Beau la troublait. Elle mit en marche la bouilloire.

— Vous voulez un thé ?

— Oui, merci. Pourquoi aviez-vous tellement besoin de ce contrat ?

— Cela ne vous regarde pas.

Il eut un petit rire.

— Nous ne sommes pas partis pour avoir une relation de travail apaisée, n'est-ce pas ?

— Apparemment pas, dit-elle en disposant des *shortbreads* sur une assiette, avant de déposer la théière fumante sur la table.

— Pourquoi votre mère se fait-elle tant de souci ?

Elle lui opposa un silence obstiné. En vain.

— Et pourquoi auriez-vous besoin de vous tenir occupée ?

— Pas vos affaires, répéta-t-elle. Stéphanie m'a donné la recette de ces biscuits et je vais la tenter, cela dit, je vous conseille de profiter des siens tant qu'il en reste, par précaution.

— Vous n'avez pas besoin de cuisiner. Je me contenterai très bien de biscuits du commerce.

Hors de question... Les yeux avaient failli lui sortir de la tête quand elle avait lu le montant du salaire qui lui serait alloué, alors elle comptait bien le mériter, y compris en confectionnant elle-même cakes et biscuits.

— J'ai apprécié votre mère.

— Elle aussi vous a apprécié, dit-elle en les servant.

Cette idée la laissait perplexe : sa mère était d'ordinaire excellente juge des caractères. Ce qui signifiait que sous ses abords revêches, Beau devait être un homme... correct. Cela dit, elle préférait que son sale caractère ne s'améliore pas trop vite, sans quoi il lui faudrait améliorer sa mauvaise humeur en conséquence. Or, c'était étonnamment libérateur de ne pas avoir à feindre la politesse ou l'enthousiasme.

— Cela vous surprend ? comprit-il.

— Quoi ? Que ma mère vous apprécie ? Oh non, elle aime à peu près tout le monde.

Il leva les yeux au ciel.

— La reine des compliments, à ce que je vois.

Il souleva un coin de sa bouche et Chloé fit de son mieux pour ignorer l'effet que ce demi-sourire avait sur les battements de son cœur. Même s'il n'avait plus le visage parfait d'avant son accident, Beau Diamond n'avait rien perdu de sa prestance et de son charme.

— J'en ai tout un répertoire, mais j'attends d'abord vos excuses.

— Écoutez, Chloé, j'ai de bonnes raisons de me méfier.

— De moi ?

— Non, pas de vous, répliqua-t-il avec un geste impatient de la main. Seulement, j'ai déjà mal placé ma confiance.

OK, la presse l'avait harcelé après l'accident... Le voyant savourer un biscuit, elle en croqua un à son tour et faillit pousser un gémissement d'extase quand le beurre fondit sur sa langue.

— Je ne suis pas responsable de vos mauvaises expériences. Je suis désolée que certaines personnes vous aient traqué pour leurs gros titres, mais je n'ai pas à payer pour leurs comportements.

Il reposa son gâteau à moitié mangé, sans rien dire. Bon sang ! Comment le convaincre qu'elle était là seulement pour faire son travail ?

— Vous savez, ce serait sans doute plus facile si nous nous montrions un peu plus aimables l'un envers l'autre. Je veux dire... si nous devons travailler de longues heures côte à côte dans votre jardin, nous devrions essayer d'être amis.

S'ils se liaient d'amitié, il la laisserait peut-être prendre quelques photos du jardin achevé pour son portfolio. Il étrécit le regard, comme si elle cachait forcément de sombres intentions.

— Je n'ai pas besoin d'ami, Miss Jennings, seulement que vous exécutiez le travail pour lequel je vous ai engagée.

Sur ce, il sortit de la cuisine sans avoir touché à son thé, ni même fini l'unique biscuit qu'il avait entamé.

— Je suppose que je peux oublier les excuses que vous me devez, maugréa-t-elle.

— Je vous ai entendue ! lança-t-il depuis le couloir.

— C'était voulu ! répliqua-t-elle.

Étrangement, ce nouvel échange musclé la laissa vibrante d'énergie et presque... joyeuse.

Un peu plus tard ce jour-là, Beau se trouvait dans son bureau lorsqu'il vit Chloé traverser la cour en direction des jardins. Elle était emmitouflée comme si elle sortait en mission dans l'hiver arctique, les mains au fond des poches et une épaisse écharpe en guise de cache-nez.

La venue de la jeune femme était censée l'aider à se remettre au travail. Certes, il ne pourrait sans doute plus jamais réaliser les documentaires sur la nature qu'il affectionnait, mais se lancer dans l'aménagement du jardin devait l'aider à apaiser la douleur de son âme.

Cependant, l'arrivée de la jeune femme lui avait surtout fait prendre conscience combien Stéphanie avait raison : il devenait amer et torturé. Pour être honnête, il s'en moquait bien, mais Chloé avait également raison : il était injuste de la faire payer pour les péchés des autres.

Certes, elle aussi cherchait peut-être un moyen d'exploiter la situation à son avantage et il garderait un œil sur elle, mais il n'aurait pas dû couper sa conversation avec sa mère sans lui laisser une chance de s'expliquer. Ce comportement faisait de lui un tyran.

Comme il repensait à Mme Jennings, un sourire lui monta cependant aux lèvres. Il y avait chez cette femme une chaleur sincère qui lui avait plu. Sans compter qu'il avait aimé se venger de Chloé, qui l'avait forcé à affronter sa mère, en refusant de s'effacer quand elle l'avait voulu. Bon, cela dit, il l'avait payé cher. Désormais, il devrait tenir sa promesse et veiller sur la jeune femme. S'assurer qu'elle ne travaille pas trop et qu'elle se nourrisse correctement semblait relativement facile. En revanche, lui remonter le moral quand elle paraîtrait morose ? Lui qui ne souriait plus depuis des mois.

Quel crétin d'accéder à la demande d'une mère inquiète ! Seulement, l'instinct maternel évident de Mme Jennings l'avait pris de court. Son amour pour sa fille était si éloigné de sa relation avec sa propre mère qu'il n'avait tout simplement pas réfléchi.

Beau avait compris dès l'âge de huit ans qu'il ne pouvait compter que sur lui-même. C'était une leçon qu'il avait fini par oublier avec les années, se fiant au respect de ses collègues et à la considération dont l'avait entouré le monde de la télévision. Il avait cru pouvoir s'appuyer sur l'admiration de son public... et il avait payé cher cette erreur.

Quand la vie lui avait joué un sale tour, il n'y avait plus eu personne pour tenir les vautours de la presse et les voyeurs à distance. Cette fois, il ne risquait plus d'oublier la leçon : ne jamais compter sur personne, voilà ce qui restait inscrit en lettres de feu dans son esprit.

Cela ne lui donnait cependant pas le droit de s'en prendre à une femme qui ne recherchait peut-être qu'un peu de calme et de solitude. Tout comme lui.

Si seulement il avait quelques réponses aux questions qui tournaient dans ses pensées. À commencer par la première : pourquoi Chloé passait-elle les fêtes de fin d'année en Angleterre, parmi des étrangers, plutôt qu'auprès de sa famille visiblement aimante ? Avait-elle cru que sa suggestion d'arriver fin novembre était une condition essentielle de son contrat ?

Avec un juron, il se mit debout et prit à son tour le chemin du jardin. Lorsqu'elle se tourna vers lui, son visage vibrant d'excitation lui coupa le souffle. Avec sa chevelure flamboyante et ses yeux d'ambre à peine plus sombres, elle ressemblait à une nymphe de l'automne.

— Cet endroit est incroyable ! s'exclama-t-elle. Vous avez une chance folle !

Vraiment ? Beau se retint de toucher les cicatrices qui le défiguraient. Il jeta un regard autour de lui avant de hocher la tête. Elle n'avait pas tort. Ce jardin clos deviendrait son sanctuaire, son petit coin de paradis. Entre ces murs, il pourrait étudier la nature sans être dérangé.

Avant qu'il ait pu lui présenter des excuses, elle reprit :

— Vous aviez parlé de faire une place à la vie sauvage dans ce jardin… Dans ma première esquisse du projet, je vous ai suggéré de planter un mélange de fleurs sauvages et de fleurs de culture. Est-ce que ça vous convient toujours ?

— Oui. Je voudrais aussi des herbes aromatiques.

— Du thym, de la sauge… bien sûr. Voulez-vous garder la configuration actuelle ? La symétrie des plants est agréable.

— Je veux préserver l'état des lieux initial autant que possible. Mais je voudrais ajouter une fontaine.

— D'accord. Et si je vous proposais plusieurs dessins ? Vous me direz ce qui vous plaît le plus.

Elle tourna sur elle-même, les traits illuminés par l'enthousiasme. Il aurait fallu que sa mère la voie en cet instant.

— Cet endroit sera merveilleux quand nous en aurons fini. J'ai hâte de m'y mettre ! J'adore ce vieil arbre, là-bas.

— C'est un charme, parfait pour l'ombre. Euh… Écoutez, Chloé, vous aviez raison tout à l'heure. Je vous dois des excuses. J'ai tiré les mauvaises conclusions et je n'avais pas à mettre fin à votre conversation. C'était…

— Une réaction brutale et déplacée ? suggéra-t-elle.

Quand il tourna le regard vers elle, Beau eut la surprise de découvrir que ses yeux brillaient et qu'elle lui souriait.

— Si vous voulez. C'est juste que… quand c'est la septième fois de la semaine que vous appelez la police pour éloigner des intrus qui ont passé les limites du domaine, munis de caméras avec objectifs télescopiques, ça a tendance à vous faire partir au quart de tour. Sans compter les dizaines d'appels quotidiens pour demander une interview, les plaintes des voisins, qui sont également inondés de sollicitations et…

Elle posa la main sur son bras.

— Je suis désolée, Beau. Je ne savais pas. J'aurais dû me montrer plus compréhensive.

— Non, non, vous êtes venue pour accomplir un travail et, à peine commencé, vous avez déjà une nouvelle charge à gérer. Comprendre mes galères ne fait définitivement pas partie du descriptif de votre double poste.

D'autant que son échange avec Mme Jennings l'incitait à croire qu'elle aussi avait beaucoup à gérer.

— Est-ce que la presse continue à vous harceler au rythme que vous décrivez ?

— Non, heureusement, le pire est passé. Mais ma méfiance ne s'est pas pour autant éteinte.

Elle hocha la tête en se dirigeant vers l'immense charme.

— Moi aussi, je vous dois des excuses, je n'avais pas à faire de votre maison un spectacle pour ma famille. Seulement, le manoir est magnifique, je voulais juste montrer à ma mère combien je profite. Quelle aventure c'est...

Seigneur, elle mentait affreusement mal.

— Chloé, si vous voulez passer Noël auprès de votre famille, cela ne pose aucun...

— Non !

Elle paraissait sincèrement horrifiée par sa suggestion. Sa mère avait pourtant l'air d'être si aimante. Et alors ? Sa propre grand-mère aussi l'était, ce n'était pas pour autant qu'il avait envie de la voir débarquer à Dawncarden pour les fêtes.

Elle était la seule qui lui ait apporté un semblant d'amour maternel. Et même si elle n'était pas très démonstrative dans son affection, il l'aimait et savait qu'elle l'aimait. N'empêche que tout ce qu'il voulait pour Noël, c'était être laissé en paix ! Peut-être était-ce exactement la même chose pour elle. Il posa sur Chloé un regard de sympathie.

— Beau, reprit-elle plus calmement, je vous assure que je n'ai aucune intention d'envahir votre vie privée et que je ne partagerai aucune photo ou vidéo de votre maison avec ma famille. Je n'avais pas à...

— Je comprends. Inutile de vous excuser.

Elle tourna les yeux vers lui et l'observa un instant. Que voyait-elle exactement ? Éprouvait-elle de la pitié ? Du dégoût ? Il se détourna brusquement. Désormais, les femmes ne le trouvent plus attirant. Et alors ?

— Il y a autre chose, reprit-elle. Dans l'appartement, j'avais un salon à moi et je me demandais s'il serait possible que je bénéficie, en plus de ma chambre, d'une pièce où travailler au calme.

— Bien entendu. Quelle taille conviendrait ?

— Je n'ai pas besoin de beaucoup d'espace. Simplement un endroit d'où appeler ma famille en visio sans déranger...

— Ni être dérangée. J'ai ce qu'il vous faut, venez.

Comme ils atteignaient le charme, il s'apprêta à faire demi-tour lorsqu'une odeur âcre lui parvint. Il s'immobilisa aussitôt, à l'affût, et mit un doigt sur ses lèvres pour l'inciter au silence. Il se faufila sous les branches basses, les yeux levés vers le tronc.

— Que fabriquez-vous ? chuchota-t-elle juste derrière lui.

Il tendit le doigt pour qu'elle sache où regarder.

— Vous voyez ?

Elle était si proche qu'il fut soudain envahi par le parfum qui émanait d'elle, une fragrance florale délicieuse. Beau sentit sa bouche s'assécher.

— Quoi ? Je ne vois... Oh !

Elle referma la main sur son bras en poussant un léger hoquet de surprise, les yeux écarquillés.

— C'est une chauve-souris !

3

— Une pipistrelle, plus exactement.

Chloé tourna les yeux vers lui. Il avait chuchoté, mais elle perçut dans sa voix le même enthousiasme qui transparaissait dans ses documentaires. Qu'il soit dans la jungle ou sur une île reculée d'Irlande, dans le bush australien ou dans les plaines de Serengeti, Beau Diamond exprimait pour la vie sauvage une passion qui avait conquis des hordes de fans.

— Il y en a toute une colonie. Je vais devoir calculer leur nombre.

Sa voix grave, aussi douce que du miel, provoqua des frissons sur sa peau. Elle aurait voulu fermer les yeux pour en savourer le timbre unique.

— Elles sont rares ?

— Leur nombre a drastiquement chuté en Grande-Bretagne, parce que leur habitat s'est réduit.

D'où l'importance de préserver les refuges qui leur restaient, comprit-elle.

— Cela change nos projets, reprit-il.

Aussitôt, Chloé sentit sa gorge se serrer. S'il ne voulait pas déranger la colonie, cela signifiait-il que son contrat était annulé ? Elle avait tellement besoin de ce travail !

Si seulement elle avait été au courant de la seconde hypothèque que Mark avait prise sur la maison ! Si seulement elle avait ouvert les lettres de son avocat au lieu de les ranger dans un tiroir pour se consacrer à son chagrin. Et les parents de Mark qui l'avaient protégée si longtemps de ses obligations...

À quoi bon tous ces « si » ? Elle savait à quoi s'en tenir à présent et il n'était pas trop tard. Quoi qu'elle ait à faire, elle ne perdrait pas la maison ! C'était son dernier lien avec Mark. Et puis, elle refusait d'être un fardeau pour ses proches plus longtemps.

— Vous m'avez entendu ?

Sa voix la ramena au présent. Elle détourna précipitamment les yeux de son regard pénétrant pour ne pas le laisser deviner sa peur.

— Vous voulez mettre un terme à l'aménagement du jardin ?

— Qu'est-ce que vous racontez encore ? s'exclama-t-il comme ils s'éloignaient du refuge des pipistrelles.

— Vous ne voulez pas les déranger pour qu'elles puissent prospérer, donc je suppose que vous ne devez pas vouloir qu'il y ait la moindre agitation dans le jardin.

— Vous supposez mal, dans ce cas.

— Oh ?

— Au contraire, je compte faire de ce jardin un vrai paradis pour ces pipistrelles, mais aussi pour les oiseaux et les papillons. Simplement, vos propositions d'aménagement devront tenir compte de leur emplacement et le charme reste.

Elle fit de son mieux pour ne pas pousser un immense soupir de soulagement.

— Évidemment qu'il reste, répondit-elle avec une autorité qu'elle regretta aussitôt.

C'était son jardin. S'il voulait se débarrasser d'une merveille comme ce charme, elle n'avait pas son mot à dire.

— Enfin, je veux dire... reprit-elle en balbutiant, il semble là depuis longtemps, je pense qu'il vaut mieux ne pas briser cette pérennité.

Elle s'interrompit en rougissant.

— Continuez, exigea-t-il de ce ton sans réplique qu'il affectionnait.

— Vous devriez vraiment travailler sur le ton que vous

employez, Beau. Pas étonnant que Stéphanie vous ait appelé « seigneur et maître ».

— Vous me traitez encore de tyran…

— Je dirais plutôt râleur autoritaire.

Il haussa les épaules, un léger sourire aux lèvres.

— J'imagine que c'est mieux que d'être un tyran. Croyez-le ou non, je n'ai jamais été très sociable.

— Oh ! je n'ai aucune peine à le croire.

À sa grande surprise, sa franchise lui arracha un rire.

— Quoi qu'il en soit, même si j'ai toujours manqué de sociabilité, j'avais un minimum de vernis social ; celui-ci s'est écaillé depuis mon arrivée à Dawncarden. Pardon si mon ton était déplacé. J'aimerais sincèrement savoir ce que vous alliez dire sur le fait de laisser ce charme en place.

Son regard s'était adouci et Chloé resserra les pans de son manteau autour d'elle quand un frisson la saisit.

— Eh bien, exactement comme votre grand-mère est la matriarche de votre famille, il me semble que cet arbre est l'ancêtre de ce jardin. Le garder est simplement… éthique.

Elle lui jeta un regard en coin pour voir s'il la prenait pour une illuminée. Au lieu de quoi, elle découvrit qu'il posait un regarde intense sur le charme.

— Je ne pourrais être plus d'accord. Je savais que vous étiez la bonne personne pour ce projet, Chloé.

Ce compliment lui fit naturellement relever le menton. Elle allait aménager le plus beau jardin qu'il ait jamais vu !

— Je voudrais un étang, déclara-t-il brusquement.

— Vous parliez d'une fontaine…

— L'eau stagnante attirera plus d'insectes, donc plus de nourriture pour notre colonie de pipistrelles.

Chloé fit le tour du jardin du regard.

— Nous pourrions installer un bassin enterré par ici. Et une cascade près du mur, qui ruissellerait jusqu'à l'étang.

Son visage s'éclaira.

— Parfait ! Les grenouilles adoreront.

De toute évidence, il avait pour projet de créer un sanctuaire pour la vie sauvage dans son magnifique jardin secret. Oui, ce serait magique ! Déjà, son regard animé de passion revenait vers l'endroit où nichait la colonie de chauves-souris. De son côté, elle allait devoir faire quelques recherches sur la faune locale pour se mettre au niveau. Quand elle avait préparé sa candidature, elle s'était surtout concentrée sur la flore. Désormais, elle était plus décidée encore à l'impressionner, afin qu'il s'assouplisse assez pour la laisser prendre des photos du projet achevé.

— Vous êtes impatient d'y retourner pour les compter, n'est-ce pas ? s'enquit-elle.

— Et prendre des photos, ajouta-t-il. Je veux voir si, dans les bonnes conditions, la colonie peut croître. Je dois également estimer le nombre de jeunes et idéalement, j'aimerais les baguer avec un traqueur, même si un tel projet est à la fois difficile et cher.

— Alors, vous reprenez vos activités de documentariste ! C'est merveilleux !

— Certainement pas !

Sa voix claqua comme un fouet dans l'espace clos du jardin qui sembla brusquement retomber dans le silence.

— Mais, vous pourriez faire tellement ! Montrer aux gens comment protéger les populations de chauve-souris en les accueillant dans leurs jardins et...

Il l'interrompit d'un geste en direction de ses cicatrices, le regard glacé.

— Ce n'est pas le genre de visage que veut la télévision, lâcha-t-il. La chaîne a été limpide sur ce point quand ils ont annulé ma série.

Chloé sentit son cœur se figer d'effroi.

— Ils vous ont viré à cause de vos cicatrices ? C'est scandaleux ! Vos fans se fichent bien de votre apparence ! Ce qu'ils aiment, c'est votre enthousiasme, et la façon unique que vous avez de parler de la vie sauvage, pas...

— Assez ! gronda-t-il.

Elle se tut, choquée par la brutalité qu'elle avait perçue en lui. Seulement, cette injustice lui donnait envie de hurler.

— Ce n'est qu'une chaîne parmi des centaines d'autres...

— Arrêtez.

Ils s'affrontèrent du regard et elle prit conscience qu'ils étaient l'un et l'autre à bout de souffle. Si proche de lui, elle pouvait sentir son parfum de propre et de grand air. Elle inspira profondément et une énergie nouvelle courut dans ses veines.

Surprise, elle fit un pas en arrière. Bon sang ! Qu'est-ce qui n'allait pas chez elle ? Elle avait besoin de ce contrat ! Pas de se mettre à dos son patron !

— Pardon, je me suis laissé emporter. Ce ne sont pas mes affaires.

Pour reprendre ses esprits et se débarrasser de son parfum troublant, elle se pencha et cueillit un brin de romarin. Puis elle se tourna à demi vers lui.

— Mon attitude est puérile et contre-productive : ce n'est pas parce que vous vous êtes montré brusque que j'ai le droit d'en faire autant. Pour diverses raisons sur lesquelles je ne m'étendrai pas, j'ai pris l'habitude d'afficher toujours un visage heureux chez moi et je crois que cet effort constant de bonne humeur factice m'a épuisée. C'était plus facile de rendre le décalage horaire responsable de mon accès de colère, l'autre jour, mais... la vérité, c'est que je suis surtout épuisée d'être tout le temps douce et souriante. Mais ce n'est pas une excuse et je vais faire mieux.

— Vous n'avez pas besoin de faire cet effort pour moi.

Étrangement, elle le crut. Mais ce n'était pas la question.

— Je ne veux pas devenir cette personne amère et triste, Beau. Je veux pouvoir apprécier celle que je suis.

Soudain, elle perçut un éclair rouge dans son champ de vision. Elle le suivit du regard et le repéra.

— Un rouge-gorge ! Je n'en avais jamais vu.

— Jamais ? répéta-t-il, l'air stupéfait, avant de hausser une épaule. En fait, ce n'est pas étonnant puisqu'ils ne vivent pas en Australie.

— Ni rouge-gorge ni paysage enneigé pour Noël, ajouta-t-elle. Or, j'ai toujours adoré ces cartes de vœux qui représentent un rouge-gorge au milieu de la neige.

Sans réfléchir, elle sortit son téléphone pour prendre une photo, avant de se rappeler sa notion stricte de la confidentialité.

— Pardon, c'était dans l'impulsion du moment...

Il pressa l'arête de son nez entre deux doigts, l'air soudain épuisé.

— Prenez votre photo, Chloé.

Mais avant qu'elle ait pu le faire, le petit oiseau s'envola. Beau prit une inspiration avant de changer de sujet :

— Je dois vous montrer la pièce dans laquelle vous pourrez vous installer pour travailler. Venez.

Ils rejoignirent la maison dans un silence étrangement confortable. En fait, après ce moment dans le jardin, elle avait découvert qu'ils avaient bien plus en commun qu'elle ne l'avait cru. À présent, elle savait qu'elle ne devait pas prendre son caractère difficile personnellement. Avec un peu de chance, il en était arrivé à la même conclusion la concernant.

Il la guida à travers l'extraordinaire hall d'honneur, puis le long d'un large couloir. Elle savait que son bureau se trouvait tout au bout grâce à la visite partielle que Stéphanie lui avait faite. Beau ouvrit la seconde porte sur la droite et lui fit signe de le précéder. Elle entra pour s'immobiliser aussitôt, subjuguée : devant elle apparut une bibliothèque incroyable, de celles qu'on ne voyait que dans les films.

— Le bureau est vaste et la lumière naturelle agréable, commenta-t-il.

De fait, la lumière du jour entrait à flots par les immenses baies vitrées. Le reste des murs étaient garnis du sol au plafond d'étagères de livres.

— Et les canapés sont très confortables. Cela vous ira ?

— Vous plaisantez ? C'est absolument parfait ! Je n'ai jamais vu une aussi belle pièce ! On se croirait dans ce dessin animé, *La Belle et la...*

Beau fit de son mieux pour ne rien laisser paraître. Sa culture des dessins animés était tout à fait convenable, dans la mesure où il avait partagé de nombreuses soirées films avec sa grand-mère dans sa jeunesse. Elle adorait les Disney et les comédies romantiques, tandis que lui préférait les films d'action et les documentaires animaliers.

— Quel dessin animé aurait une bibliothèque comme celle-ci ? fit-il mine de réfléchir. Vous ne songiez tout de même pas à *La Belle et la Bête* ! poursuivit-il, feignant l'outrage.

Il avait beau simuler la plaisanterie, sa gorge se serra. Était-ce ainsi qu'elle le voyait ? Comme un monstre ?

— Je voulais dire que cet endroit est incroyable pour quelqu'un qui adore lire ! Je ne m'imaginais certainement pas en Belle ni ne sous-entendais que vous...

Devant ses efforts maladroits, il eut bien du mal à se retenir de rire.

— Oh ! vous êtes incorrigible ! s'exclama-t-elle, les mains sur les hanches.

— Je vous retourne le compliment, répliqua-t-il en riant. J'ignorais que vous aimiez les contes de fées.

Elle haussa les épaules et sourit.

— Il n'y a rien de mal à savourer les fins heureuses, même si elles arrivent rarement dans la vie. Vous n'êtes vraiment pas offensé, n'est-ce pas ?

— Pas du tout, assura-t-il, déjà prêt à recevoir son prochain commentaire dans la figure.

Elle était en effet particulièrement douée pour les remarques frontales et déplacées. Il aurait pu l'arrêter, bien sûr ; seulement, elle l'avait désarmé en avouant avoir épuisé ses réserves de gentillesse. Son instinct lui disait qu'elle avait besoin de souffler. Or, il avait les épaules solides, à défaut d'un visage parfait.

— Allez-y, dites ce que vous avez sur le bout de la langue.

Elle plissa le nez et Beau se fit la réflexion qu'elle était très jolie avec ses taches de rousseur. Elle n'avait pas une beauté classique, mais sa chevelure flamboyante et son aura sensuelle attiraient immanquablement le regard.

— Je me demandais... Vous ne vous voyez pas réellement comme un monstre, n'est-ce pas ? lâcha-t-elle enfin.

— Bien sûr que non.

— Donc vos cicatrices ne vous dérangent pas ?

— Vous croyez que je me suis mis à l'écart du monde parce que je déteste ce à quoi je ressemble ? Vous me pensez superficiel au point de ne pas supporter que l'on me voie tel que je suis ?

— C'est une interprétation possible, oui, dit-elle en toute franchise.

Il allait nier sèchement, mais il se retint. Avec un regard noir, il lui rappela :

— Rien de ce dont nous discutons ici ne peut être partagé avec quelqu'un d'autre, selon votre clause de confidentialité.

— Sans quoi vous me jetterez devant les tribunaux, etc. Je sais ! s'exclama-t-elle en s'asseyant sur un des canapés. Ma curiosité est purement personnelle.

— Bien, dit-il en prenant place sur l'autre canapé. Dans ce cas, il est possible que la vanité joue un petit rôle dans le fait que je me sois réfugié ici.

Elle se contenta de hocher la tête.

— Le contraire serait étrange. Avec votre beauté classique, à la Cary Grant, les gens vous considéraient comme un demi-dieu.

Beau sentit son cœur battre plus vite, cependant l'amertume prit le dessus.

— J'espère que les gens avaient de la considération pour mon expertise et que je n'étais pas qu'un physique agréable !

— Ah ! vous voyez ? s'écria-t-elle en pointant un doigt triomphant vers lui. Je savais qu'il y avait plus important à vos yeux que votre belle gueule ! Cela dit, il est tout à fait normal de traverser une période d'ajustement...

Il se laissa retomber contre le dossier et sentit ses yeux détailler ses cicatrices, sans qu'elle cache son examen.

— Vous n'êtes plus parfait..., reprit-elle. Bienvenue au club. Quatre-vingt-dix-neuf pour cent d'entre nous n'ont jamais connu la perfection. Et vous êtes loin d'être laid, Beau. En fait, vous êtes toujours très attirant.

Il resta immobile, stupéfié par ses mots. Elle fronça soudain les sourcils comme si cette prise de conscience n'était pas la bienvenue. Beau s'obligea à parler pour se distraire de la douce chaleur qui se répandait en lui.

— La vanité n'est pas la principale raison de mon installation à Dawncarden. Simplement, je déteste la façon dont la presse me traite désormais, comme si j'étais un objet et non une personne. Je déteste me voir privé de mon intimité. Par-dessus tout, je déteste la laideur que j'ai découverte chez les autres depuis mon accident.

Il se tut et constata avec effarement que les yeux de la jeune femme s'étaient emplis de larmes.

— Je vous interdis de pleurer sur mon sort, Chloé ! D'ailleurs, vous n'avez aucune raison de me plaindre.

— Je n'arrive pas à croire que votre chaîne vous ait viré.

Lui aussi avait eu du mal à se remettre du choc. C'était pour cela qu'il s'était réfugié ici, pour y panser ses plaies.

Faire des documentaires était ce pour quoi il était fait : il adorait rendre la nature sauvage, dans toute sa diversité, accessible à tous. Il aimait montrer aux téléspectateurs l'urgence qu'il y avait à agir pour la sauver. Depuis qu'il ne pouvait plus accomplir sa mission, il se sentait à la dérive, inutile...

Voilà pourquoi il avait réagi avec une telle violence, un peu plus tôt, quand elle lui avait suggéré de retourner aux documentaires. Il ne souhaitait rien d'autre que ça ! Seulement, cette voie lui était définitivement fermée et il devait trouver un moyen de l'accepter.

— Si cette pièce vous convient, je vous laisse, je dois retourner travailler.

— Sur vos pipistrelles ? comprit-elle avec un sourire entendu. Merci, Beau, cet endroit est parfait.

Elle se leva à son tour.

— Juste une chose, reprit-elle. Je suis libre d'aller au village quand je veux, n'est-ce pas ?

— Vous n'êtes pas en prison, dit-il un peu trop sèchement.

— Dans ce cas, je vais aller y faire un tour tout de suite.

Ensuite, je commencerai les esquisses pour l'installation du circuit d'eau.

— Super, papa ! Bonne chance pour le golf, demain !

Beau s'arrêta juste devant la porte de la bibliothèque. La voix de Chloé était si joviale qu'il jeta un œil par l'entrebâillement. Elle avait refermé son écran et se tenait la tête entre les mains, l'air abattu. De toute évidence, sa joie n'était pas franchement sincère.

Comme il toquait à la porte, elle se redressa aussitôt.

— Beau ! Avez-vous besoin de quelque chose ?

Il était seulement venu la prévenir qu'il était là, qu'il… Soudain embarrassé, il se reprit et fit un geste en direction des étagères.

— Vous avez commencé les décorations de Noël ?

— Euh… oui, on est le 1er décembre, alors je me suis dit… Cela ne vous ennuie pas ?

— Bien sûr que non. Cela dit, vous n'avez pas beaucoup avancé.

Elle avait disposé sur l'étagère derrière elle une branche de houx et un petit sapin décoratif en bois orné d'une guirlande lumineuse. Elle pressa l'interrupteur et le sapin cessa de scintiller.

Beau se rembrunit. Pourquoi pensait-elle que ces décorations le dérangeraient ? Bon, à sa décharge, il n'y avait pas une seule guirlande de Noël dans toute la maison…

— Voulez-vous de l'aide pour décorer le reste de la pièce ? proposa-t-il sur une impulsion.

Il imagina Mme Jennings découvrant une pièce habitée de l'esprit de Noël. Cela ne pourrait qu'apaiser son inquiétude.

— Non, vraiment, lâcha-t-elle dans un frisson.

Il n'y comprenait plus rien ! Mais avant qu'il ait pu l'interroger sur sa réaction ambivalente, elle proposa :

— Une tasse de thé ou de café ?

Il venait d'en boire une, néanmoins la curiosité l'emporta et il hocha la tête. Une fois qu'ils furent installés à la table de la cuisine, devant les derniers biscuits de Stéphanie, il reprit :

— Alors, qu'est-ce qui se passe avec ces décorations ? Si vous ne les aimez pas, pourquoi les avoir installées ?

Elle poussa un soupir et il se pencha vers elle, avant de reculer aussitôt, troublé par son parfum délicat.

— Savez-vous garder un secret ?

— À qui voudriez-vous que je parle ?

— Par exemple à ma mère, si jamais elle vous aperçoit lors d'un de nos appels… Ou si elle appelle sur la ligne fixe.

— Comme je ne suis jamais dans la pièce pendant vos appels et que je ne réponds pas au téléphone, vous n'avez pas de raison de vous inquiéter.

Elle garda le silence, les yeux perdus dans sa tasse.

— Je ne veux pas que ma famille se fasse du souci pour moi, avoua-t-elle. Je me suis dit qu'en disposant quelques décorations en arrière-plan, ils s'imagineraient que je me suis mise dans l'esprit de Noël et qu'ils n'ont plus à s'inquiéter.

— Pourquoi votre famille s'inquiète-t-elle autant pour vous, Chloé ?

Même si les débuts avaient été chaotiques, leur relation s'était installée dans une confortable routine depuis une semaine. Et quand ils n'étaient pas confortables, leurs échanges étaient revigorants, à tel point que Beau avait pris conscience qu'il s'ennuyait ferme avant son arrivée.

Certes, elle n'avait pas vraiment de raison de le considérer comme un ami, seulement elle était la seule avec laquelle il ait parlé en toute franchise depuis quatorze mois. D'ailleurs, cela lui avait fait un bien fou, alors s'il pouvait lui retourner la faveur, il le ferait. Cependant, son regard assombri disait assez qu'elle n'avait pas envie d'en discuter, aussi choisit-il ses mots avec soin :

— Vous m'avez dit que je devrais faire une thérapie pour soigner ma paranoïa… Est-ce que je devrais vous donner le même conseil, Chloé ? Votre famille a-t-elle de bonnes raisons de s'inquiéter ? Vous vivez sous mon toit, ce qui fait que je suis en partie responsable de vous.

— Absolument pas ! se récria-t-elle, mais elle fut aussi

la première à détourner le regard. Bon, très bien. Mais nous pouvons aussi bien parler en marchant. Je comptais aller faire un tour dans votre verger.

— Pourquoi ?

— Parce que j'apprécie de rêver, répliqua-t-elle en passant une écharpe à son cou. Vous avez un domaine magnifique et j'aime bien m'imaginer ce que j'en ferais s'il était à moi et que l'argent n'était pas un obstacle.

Il était curieux d'entendre ce qu'elle avait à dire sur ce point, aussi la suivit-il à l'extérieur.

— Vous êtes censé aimer les animaux, non ? attaqua-t-elle aussitôt. Alors, où sont-ils ? Ne devriez-vous pas avoir un chien sur vos talons et un gros chat endormi au coin du feu ? Et une ou deux vaches pour le lait frais, peut-être également des chevaux ?

— Nous avons eu tout cela dans le passé. Puis, quand le dernier chat est mort, Stéphanie n'a pas eu le cœur d'en prendre un nouveau. Quant au chien… eh bien, je voyageais énormément, ça n'aurait pas été juste de le laisser constamment aux soins d'autres personnes.

— Vous ne voyagez plus, à présent.

Il hocha la tête et garda un instant le silence avant de reprendre le contrôle de la conversation.

— Dites-moi pourquoi votre famille s'inquiète.

Elle enfonça les mains dans ses poches et leva les yeux vers le ciel.

— Mon mari est mort il y a deux ans.

— Chloé, je suis sincèrement désolé, je ne savais pas.

— Vous n'aviez aucune raison de savoir, dit-elle en haussant les épaules.

Pourtant, il se sentait mal face à son ignorance et à sa voix lourde de chagrin.

— Que s'est-il passé ?

— Un automobiliste a fait un malaise au volant. Sa voiture est montée sur le trottoir et l'a percuté. Mark est mort sur le coup. Au moins, il n'a pas souffert. C'est ce que tout le monde n'a pas arrêté de me répéter, comme si c'était merveilleux.

Bien sûr, je ne voulais pas qu'il souffre, mais cette voiture aurait pu monter sur le trottoir quelques mètres plus loin, ou simplement le frôler, ou même le blesser. Tout aurait mieux valu que de le tuer.

Alors qu'elle parlait, Beau sentit son cœur se serrer davantage. Il comprenait mieux sa réaction initiale face à ses cicatrices. Quand elle le regardait, elle ne voyait pas un homme à plaindre, mais un homme qui avait survécu à un grave accident. De son point de vue, il était chanceux, et pour la première fois depuis le drame, Beau fut d'accord.

[illegible]

[illegible] 46

4

Beau la regardait comme s'il craignait qu'elle ne se brise à tout instant, ou qu'elle n'explose de nouveau. Elle devait vraiment apprendre à mieux se contrôler face à lui. Après tout, il n'était en rien responsable du désastre qu'était devenue sa vie.

— Il vous manque davantage à l'approche des fêtes, d'où l'inquiétude de votre famille ?

— Son décès s'est produit à cette période.

Elle le vit prendre une brusque inspiration et ses larges épaules se firent plus imposantes. Ce grand corps avait quelque chose de fascinant… Elle détourna le regard à la hâte pour se concentrer sur la haie vers laquelle ils se dirigeaient et s'exclama soudain :

— Oh ! un échalier pour passer la clôture ! Les romans de Jane Austen les mentionnent, je n'en avais jamais vu !

Elle rougit, soudain embarrassée par son enthousiasme.

— Il n'y en a pas en Australie ?

— On utilise plutôt des grillages pour empêcher le bétail de divaguer.

Elle prit la main qu'il lui tendait pour monter les échelons. À travers ses gants, elle perçut la chaleur de ses doigts et fut saisie d'un frisson. C'était ridicule ! Elle n'aurait pas dû tant s'attarder sur la largeur de ses épaules ou la force de ses longues jambes. Elle retira sa main un peu vite.

— L'échalier était-il un moyen de changer de sujet ?

— Non, même si parler de Mark n'est pas mon sujet de prédilection. Que voulez-vous savoir, Beau ?

Son regard pénétrant la sonda un instant.

— Vous et votre famille êtes très proches... Cela ne vous ennuie pas de leur mentir ?

Comme il paraissait sincèrement troublé, elle ne se braqua pas. Elle prit le temps de regarder le verger autour d'elle, avec ses arbres dégarnis, comme endormis – un peu comme elle.

— Je voulais seulement éviter de ruiner un autre Noël.

— Celui qui a suivi son décès a dû être terrible pour tous.

— Oui, ma famille adorait Mark. Ils étaient sous le choc.

Tandis qu'elle avait été dévastée.

— Enfin, toujours est-il que l'année suivante, ils étaient un peu remis, mais, pour ma part... cet anniversaire de sa mort m'a fait perdre pied. J'ai passé trois jours à pleurer sans arrêt.

— Oh ! Chloé..., murmura-t-il en tendant la main comme pour la toucher.

Elle se força à avancer le long d'une allée jusqu'à un pommier dont elle fit mine d'observer de plus près les branches. Le réconfort qu'il lui proposait était dangereusement tentant. Seulement, elle ne voulait plus penser à la façon dont elle pourrait se blottir contre son torse, ni à la chaleur de ses bras autour d'elle.

Seulement, après deux ans d'hibernation, les impulsions de son corps étaient difficiles à contrôler. Surtout dans ce Devon glacé ! Elle prit donc soin de garder le pommier entre eux.

— Ces pleurs m'ont prise par surprise. Je crois que c'est à ce moment-là que j'ai vraiment réalisé qu'il ne reviendrait pas.

Elle avait passé un bras autour du tronc, et Beau posa la main sur la sienne en s'approchant. Brusquement, l'arbre cessa d'être un obstacle et Chloé sentit son souffle se couper.

— Vous aviez le droit de vous laisser aller au chagrin, Chloé. Il ne faudrait jamais retenir ce genre d'émotions.

Bien malgré elle, ses yeux restèrent rivés sur sa bouche au trait ferme et elle sentit son cœur donner un grand coup dans sa poitrine. Troublée, elle recula d'un pas et pressa une main sur sa poitrine.

— Quoi qu'il en soit, la mort de Mark puis mon chagrin incontrôlable ont ruiné les deux derniers Noëls.

— Et vous avez eu peur de gâcher celui-ci...

En fait, elle s'en était plutôt bien sortie ces derniers mois. Elle avait recommencé à jouer avec ses neveux et nièces, à participer aux barbecues, à sortir avec des amis. Elle avait cru être capable de donner un nouveau tournant à sa vie cette année. C'est alors qu'elle avait reçu la lettre recommandée de la banque l'informant de la seconde hypothèque sur la maison qu'elle était sur le point de perdre.

Son fragile optimisme avait été pulvérisé. Les parents de Mark lui avaient finalement avoué qu'il avait pris cette hypothèque pour garder leur entreprise à flot et qu'ils avaient fait de leur mieux pour rembourser les paiements sans lui en parler. Ils avaient voulu la protéger à cause de son chagrin, par peur qu'elle ne sombre dans la dépression. Ses beaux-parents la soutenaient financièrement depuis des mois et elle n'en avait rien su !

Comment aurait-elle pu prétendre que tout allait bien pendant les fêtes ?

— Je n'ai pas voulu courir le risque, admit-elle. Ils méritent de profiter de cette période, ils en ont besoin. Et même s'ils n'étaient pas enthousiastes à l'idée de me voir partir si loin, mon idée de changement leur a parlé. Je fais ma part en leur montrant que je passe un bon moment en Angleterre.

— Même si vous devez pour cela leur mentir ?

— Oui, avoua-t-elle avec un hochement de tête.

Ils reprirent leur promenade dans une allée latérale.

— Vous avez des pommes, des cerises, des prunes...

— Ainsi que des poires et des coings.

Chloé tourna sur elle-même.

— Ce verger a été sérieusement négligé, mais l'essentiel des arbres pourra être sauvé. Je suis sûre qu'il doit y en avoir de très anciens, il faut les protéger, Beau.

Son expression s'était assombrie et Chloé se rappela, un peu tard, qu'elle était là en tant que paysagiste, pas pour lui faire la morale.

— Bien sûr, reprit-elle avec un sourire engageant, cela coûte de l'argent et j'imagine qu'entretenir un domaine comme celui-ci coûte une fortune.

— Il y a de l'argent, c'est juste…

— Vous ne voulez pas voir des ouvriers envahir votre intimité, devina-t-elle.

Il tourna le regard vers le ciel avant de revenir à elle.

— Vous ne seriez pas intéressée par un poste de chef jardinier, par hasard ?

Chloé sentit sa gorge s'assécher d'un seul coup. Redonner vie à ce verger, à la roseraie et voir s'épanouir le jardin clos, ce serait… Non, c'était impossible ! Elle devait faire ce qui était convenu dans son contrat, prendre son salaire et rentrer à Sydney pour solder l'hypothèque. Le plus tôt serait le mieux. Si nécessaire, elle pourrait toujours trouver quelques autres contrats aussi bien payés, grâce à un portfolio susceptible d'impressionner des clients.

Elle se tournait vers lui pour tenter de lui répondre, quand elle vit qu'il s'était arrêté, le regard dans le vague.

— Votre attitude avec votre famille m'a fait réfléchir… dit-il soudain. Ma grand-mère affirme qu'elle compte passer Noël avec des amis à Florence, mais je ne suis pas convaincu qu'elle ne viendra pas plutôt jusqu'à Dawncarden.

— Et ce ne serait pas une bonne chose ? s'enquit-elle.

— J'aime ma grand-mère, seulement… que diriez-vous si votre famille débarquait ici ?

— Je vois…

— En revanche, si je décore le grand hall comme nous le faisions quand j'étais enfant et que je lui envoie des photos… Vous pourriez vous aussi en profiter pour rassurer votre famille avec des photos.

— Vous me laisseriez leur en envoyer ?

— Pourquoi pas ? Nous pouvons nous aider sur ce point.

— Et ce serait pour la bonne cause, renchérit-elle. Nous voulons tous les deux que nos familles profitent sans se faire du souci pour nous.

— Exactement. Cela vaut la peine d'installer quelques décorations, non ?

— Absolument ! s'enthousiasma-t-elle en imaginant le soulagement de sa mère.

Elle dut retenir l'impulsion de le serrer dans ses bras et s'obligea à lui faire un aveu nécessaire :

— Je comptais vous le dire... J'ai parlé à votre grand-mère, ce matin.

— Ah. Elle avait émis l'idée de vous appeler dans son dernier e-mail, dit-il sans paraître troublé outre mesure.

— Votre grand-mère veut que je lui rapporte votre état, reprit-elle avec une grimace d'excuse. Vous me prenez pour une traîtresse ?

Il haussa les épaules, un sourire aux lèvres.

— Elle m'en a parlé, et non, je ne pense rien de tel, je connais trop bien ma grand-mère !

— Elle m'a expliqué que vous aviez fait un deal : elle vous laissera tranquille, sans interférence de sa part, à condition que vous alliez au village au moins deux fois par mois.

— Elle n'avait pas vraiment d'autre choix que de me laisser rester, mais je savais qu'elle s'inquiétait, alors j'ai accédé à sa requête.

Chloé commençait à comprendre que, sous ses abords rudes, Beau avait le cœur tendre.

— Que faites-vous de la presse si vous devez vous montrer au village ?

— J'ai grandi ici, et j'y ai passé tous mes étés, même si j'ai dû ensuite partir en pension.

Chloé s'immobilisa soudain.

— Les villageois vous protègent ! s'exclama-t-elle. Voilà pourquoi ils m'ont envoyée dans de mauvaises directions le jour de mon arrivée !

Il eut une grimace d'excuse.

— Désolé pour ça. Steph et moi nous sommes mal coordonnés pour votre arrivée. Quoi qu'il en soit, c'est vrai, je suis prévenu si quelque chose éveille leur suspicion. Résultat, je passe effectivement une petite heure de temps à autre devant une pinte de bière dans le plus petit des deux pubs du village. L'hôtelier du Nag's Head est un vieil ami.

— Il s'assure que vous ne soyez pas dérangé.

— Exactement. Cela dit, cela fait bien trois ou quatre mois qu'aucun journaliste n'a été vu dans le coin.

— Vous n'êtes plus d'actualité.

— C'est un peu ça... Ma grand-mère a quelques espions qui lui rapportent mes faits et gestes quand je me rends au village, alors ce serait bien de passer au marché de Noël et de voir le sapin. Vous devriez venir aussi, votre famille adorera vous voir au milieu d'un marché de Noël anglais typique.

La perspective de se promener seule au milieu de toute cette joie collective ne l'enchantait pas franchement ; seulement, sa grand-mère avait raison : Beau avait besoin de voir du monde.

— J'irai si vous m'accompagnez. Je ne veux pas me retrouver toute seule là-bas.

— Marché conclu. En échange, vous m'aiderez à décorer le grand hall ?

— Bien sûr.

— Parfait. Venez, vous avez amplement eu le temps de constater le triste état du verger. Vous devez être gelée. Allons au grenier pour descendre les décorations. Et j'aurais également besoin que vous commandiez un sapin à livrer.

— À vos ordres, lança-t-elle avec un salut moqueur.

En vérité, le voir prendre des décisions et des initiatives avait quelque chose de réconfortant. Beau croyait peut-être qu'il voulait rester à l'écart, mais les tentations de l'extérieur se faisaient sentir. Et elle comptait bien tout faire pour l'encourager dans ce sens. Le monde avait besoin de Beau Diamond, autant que lui avait besoin du monde.

Beau s'immobilisa dans le couloir, juste pour le plaisir d'entendre Chloé donner ses instructions aux livreurs, contraints d'installer le sapin dans le grand hall, sans pour autant apercevoir le célèbre reclus. Quand ils avaient compris que leur curiosité ne serait pas satisfaite, ils avaient espéré déposer leur chargement et repartir au plus vite, mais elle ne les avait pas laissés faire.

Elle parvenait fort bien, quoique avec un accent différent, à imiter l'autorité de Stéphanie, tout en y ajoutant une touche de flatterie.

— Pour le prix que paye M. Diamond, le moins que vous puissiez faire est d'apporter le sapin jusqu'ici. Costauds comme vous êtes, ça ne vous prendra qu'un instant. Et il y a de la tarte qui vous attend, quand vous aurez fini.

Aux halètements qui suivirent, il devina qu'elle avait obtenu gain de cause. Soudain, sa voix claqua, dure et cinglante.

— Qu'est-ce que vous faites ?

— Je, euh...

— Posez ce téléphone. Il n'est pas question que vous preniez la moindre photo, ni à l'intérieur ni à l'extérieur !

Il savait qu'elle devait utiliser son fameux froncement de sourcils pour les impressionner davantage.

— Pardon, madame, nous ne voulions pas...

— Montrez-moi vos téléphones, que je vérifie que vous n'avez rien pris d'autre. C'est parfaitement illégal, vous savez.

Il perçut quelques faibles protestations, mais son « merci » lui indiqua que les trois hommes avaient obtempéré. Les entendant partir, il émergea du couloir, accueilli par son large sourire.

— Il est magnifique ! s'exclama-t-elle. Au moins deux fois plus haut que celui que nous avons à la maison ! Et il est parfaitement sain, ajouta-t-elle en se penchant sur les branches.

— Merci pour ce que vous avez fait, Chloé.

Elle lui jeta un regard par-dessus son épaule et la flamme de sa chevelure sur le vert du sapin lui fit penser à un oiseau exotique tout droit sorti d'une jungle tropicale.

— Ah, vous avez tout entendu ? Je suis la plus jeune de quatre enfants, j'ai très vite appris comment me défendre !

Elle avait beau faire comme si ce n'était rien, il était touché qu'elle ait ainsi défendu son intimité. Son parfum, mêlé à la senteur du sapin, montait autour de lui, réchauffant étrangement son cœur. Elle leva vers lui un regard interrogateur, qu'elle détourna aussitôt.

— Qu'y a-t-il ? Posez votre question.

Leur relation n'était pas toujours facile ; cependant, il avait confiance en elle.

— Je me demandais seulement quelle valeur une photo d'un sapin sans décoration pris à Dawncarden pouvait avoir.

— Sans doute pas beaucoup, mais je ne veux pas risquer de raviver l'intérêt autour de moi.

Encore moins s'il comptait l'emmener au village !

— Vous savez, dit-elle, si vous preniez une photo du sapin avant et après décoration et la publiiez sur Instagram, plus personne ne pourrait en tirer de l'argent. Vous garderiez le contrôle.

— Hors de question.

— Comme vous voulez. C'est seulement pour vous dire que vous pouvez battre les tabloïds à leur propre jeu et au passage donner quelques nouvelles à vos fans.

Beau serra les mâchoires. Il n'avait plus de fans, désormais.

— Enfin, bref, reprit-elle, plus vite nous aurons décoré ce sapin, plus vite nous serons débarrassés de cette corvée.

La voir ainsi mentionner une occupation qu'elle avait un jour aimée lui fit mal au cœur. Noël était-il devenu à ce point une épreuve pour elle ?

— Attendez d'avoir vu quelques-unes des décorations que nous avons. Certaines sont étonnantes.

Ils avaient descendu tous les cartons la veille et les avaient disposés devant la grande cheminée. En dépit de son humeur morose, Chloé ne pouvait être qu'impressionnée par la majesté du hall de réception de Dawncarden. D'autant qu'un feu ronflant crépitait dans l'âtre.

— Comment allons-nous procéder ? demanda-t-elle en s'emparant d'un carton pour l'amener au pied du sapin. Vous avez un système établi ou bien on suspend tout ce qui nous tombe sous la main ? À la maison, nous... Oh !

Son exclamation émerveillée lui indiqua qu'elle venait de défaire le papier de protection autour de la première décoration : un renne en verre soufflé.

— Joli, n'est-ce pas ?

— Ce n'est pas simplement joli ! C'est une pièce de collection, Beau ! Elle doit valoir une fortune, s'écria-t-elle en la lui tendant brusquement. Je ne devrais même pas y toucher ! Si jamais j'en brisais un, je mourrais...

— Absolument, ce serait une offense capitale. On vous enverrait directement au donjon pour y être décapitée.

Elle ne put retenir un sourire timide et il sentit aussitôt son humeur s'alléger. Il voulait tellement qu'elle se détende, qu'elle s'amuse. Et puis, ce n'étaient que des objets. Les objets pouvaient être remplacés, contrairement aux gens.

Beau revit en pensée son beau visage crispé par la douleur quand elle avait parlé de son mari. Pas étonnant que sa mère s'inquiète tant. Il ne pouvait pas grand-chose contre son chagrin, sinon peut-être lui rappeler l'esprit de Noël et contrôler un minimum son mauvais caractère quand elle était dans les parages.

— Vous ne trouvez pas que ce serait vraiment dommage que ces décorations ne profitent à personne, simplement par peur d'en briser ?

— Si, bien sûr, simplement, je ne veux pas être la maladroite qui en cassera une.

— Ça aidera si je m'en charge moi-même ? proposa-t-il en faisant mine de laisser la figurine lui échapper.

— N'y pensez même pas ! s'exclama-t-elle en lui reprenant vivement l'objet.

Pendant une seconde, elle fut là, toute proche, avec ses cheveux fous, ses yeux d'ambre et son parfum envoûtant.

— Vous avez parfaitement su imiter Stéphanie avec les livreurs, faites pareil pour la décoration du sapin, et tout ira bien, suggéra-t-il.

Elle recula, trop vite à son goût, mais son visage s'éclaircit.

— Quand je serai grande, je veux être comme Stéphanie !

— Commençons par poser les guirlandes, dit-il en riant. Je vais monter sur l'échelle et vous me les passerez. Ensuite, nous pourrons poursuivre avec les décorations. Je ferai les plus hautes branches, et vous les basses. Ça vous convient ?

— C'est parfait.

Beau tira son téléphone de sa poche pour lancer une musique de Noël. Chloé leva les yeux au ciel, mais ne commenta pas.

Quand elle se mit à fredonner les paroles sans même y prendre garde, il ne put retenir un sourire de triomphe.

Beau ne comprenait pas bien le besoin qu'il ressentait de la replonger dans la magie de Noël. Cela allait au-delà de la promesse qu'il avait faite à sa mère, et ce n'était pas une tentative de se racheter de ses soupçons malvenus.

En fait, les mots de Steph avaient laissé leur marque : il voulait prouver – y compris à lui-même – qu'il était capable d'accomplir quelque chose de positif, pour ne pas devenir l'ombre amère et tourmentée de l'homme qu'il était autrefois.

Et puis, Chloé lui avait rappelé une chose essentielle : certaines personnes se fichaient éperdument de ses cicatrices. Il l'avait oublié, trop concentré sur ceux qui le regardaient comme un monstre. Mais s'il pouvait s'entourer de personnes qui ne s'en préoccupaient pas – une ou deux suffiraient –, il pourrait enfin baisser sa garde et redonner un peu de sens à son existence.

— Oh ! regardez ! s'écria-t-elle soudain en tenant avec révérence l'ange qui se plaçait au sommet du sapin.

Beau songea que les anges étaient toujours représentés blonds et sereins. Lui les préférait avec des cheveux de feu et une nuée de taches de rousseur.

— Et si je vous filmais en train de le placer au sommet ? proposa-t-il. Vous pourrez l'envoyer à votre famille.

Elle lui répondit d'un immense sourire.

— Vraiment ? Ça ne vous ennuie pas ?

— Passez-moi votre téléphone.

Elle le sortit avec enthousiasme de sa poche avant de se figer, soudain blême.

— J'ai quelques photos de votre jardin dessus. Seulement

pour dessiner des planches pour les projets que je veux vous soumettre. Je les effacerai dès que je partirai et je ne voudrais surtout pas que vous vous imaginiez...

— Du calme, Chloé, j'ai confiance en vous.

Elle cligna des paupières et s'approcha pour fixer son visage avec intensité. Embarrassé, il haussa une épaule.

— Je ne pense plus que vous soyez le genre de personne prête à me vendre aux tabloïds. Je croyais que j'avais été clair sur ce point...

— Oui, oui, vous me l'avez dit...

Mais elle ne l'avait pas cru, comprit-il. Bon sang ! Il détestait l'image qu'elle devait avoir de lui, et pour une fois, cela n'avait rien à voir avec son apparence !

Il prit son téléphone et lui fit signe de grimper à l'échelle, qu'il maintint solidement. Quand elle fut prête, il démarra la caméra et la filma en train de poser cérémonieusement l'ange. Puis elle redescendit et ouvrit les bras avec emphase devant le sapin tout décoré.

— Tadaaa ! Est-ce que ce n'est pas le plus beau des sapins ? lança-t-elle à la caméra avec un sourire radieux qui lui coupa brièvement le souffle.

Son sang se mit à courir plus vite dans ses veines et il lui tendit son téléphone, pris de court par l'élan de désir qui s'emparait de lui.

— Merci, Beau ! Je ne sais pas comment vous remercier ! Ma famille...

Sa voix s'éteignit quand elle leva le visage vers lui. Leurs regards se croisèrent. Ses pupilles s'élargirent brusquement et il la vit déglutir avant de baisser les yeux vers sa bouche. Ses lèvres s'entrouvrirent comme si elle peinait à trouver son souffle.

Un sentiment de triomphe primitif courut dans ses veines quand il lut un désir sans fard sur ses traits. Jamais il n'avait osé imaginer qu'une femme puisse encore le regarder ainsi. Moins encore une femme aussi belle et désirable qu'elle.

Pourtant, il ne se méprenait pas : en cet instant, elle le désirait autant qu'il la désirait. Il pouvait presque *sentir* l'attraction qui les gardait captifs.

Après tout, peut-être que les étincelles de leur rencontre n'étaient pas dues à leurs caractères explosifs, mais à cette attirance physique puissante qui s'exprimait enfin sans filtre. À chaque fois qu'elle était près de lui, il devait refréner un puissant élan vers elle, alors même que son instinct lui disait combien la tenir dans ses bras serait merveilleux.

Beau posa doucement la main sur sa joue, comme s'il avait affaire à une créature indomptable qui risquait de s'enfuir à tout instant. Il voulait leur donner le temps de savourer chaque seconde quand il goûterait lentement à ses lèvres. Plus que tout, il voulait lui offrir un plaisir capable de maintenir la tristesse à distance.

Aurait-elle un goût de miel et de gingembre ? Lui rendrait-elle son baiser ? Presserait-elle son corps sensuel contre le sien ?

Quand elle s'approcha, une chaleur merveilleuse monta en lui, lui donnant l'impression qu'il déployait enfin ses ailes.

5

Tandis qu'elle fixait les lèvres de Beau, Chloé sentait une tempête intérieure la secouer. Il était sur le point de l'embrasser et elle allait lui rendre son baiser. Elle savait déjà que ce serait libérateur, merveilleux et...

Mark. Son nom traversa ses pensées brouillées et s'imposa à elle avec une violence brutale.

— Non !

Le mot résonna bien trop fort dans le silence de la pièce. Elle le répéta, ce qui était parfaitement inutile puisque Beau avait entendu la première fois : il avait déjà reculé d'un pas et laissé retomber sa main. Elle pointa sur lui un doigt tremblant.

— Ça ne doit pas arriver. Jamais !

Elle se détourna précipitamment pour rejoindre l'escalier, le cœur bouillonnant de rage. Sa colère n'était pas dirigée contre lui, mais contre elle-même. Comment avait-elle pu songer à embrasser un autre homme ? Elle avait aimé Mark de tout son cœur et si elle ne pouvait plus être avec lui, elle ne serait avec personne !

— Chloé, attends !

Quelque chose dans sa voix, ainsi que le fait qu'il l'ait tutoyée, l'arrêta.

— Ne t'enfuis pas comme si tu avais peur de moi, supplia-t-il. Je t'en prie, laisse-moi te présenter mes excuses.

— Je n'ai pas peur de toi, Beau, soupira-t-elle. Je veux juste m'éloigner avant de dire des choses que tu ne mérites pas d'entendre, des accusations infondées...

— Cela ne m'ennuiera pas. Je suis prêt à les supporter. Peut-être même que je les mérite.

Il la rejoignit, s'arrêtant quelques marches en dessous d'elle pour la laisser libre de fuir si elle le voulait. Sa pâleur et les plis soucieux autour de sa bouche l'empêchèrent cependant de le faire.

— Je suis sincèrement désolé, Chloé. Je suis ton employeur et je n'aurais jamais dû profiter de mon ascendant dans notre relation. Je suis... horrifié de t'avoir placée dans cette situation embarrassante et j'ai affreusement honte de moi. Laisse-moi t'assurer que ton contrat n'est absolument pas en jeu et que...

Chloé avait ouvert de grands yeux au fur et à mesure.

— Mais enfin, de quoi tu parles ? s'exclama-t-elle en se passant les mains sur le visage. Écoute, en toute honnêteté, je ne te considère pas vraiment comme mon patron, OK ? Je suis mon propre patron et tu es mon client. Nous avons signé un contrat qui nous engage autant l'un que l'autre et je n'ai pas du tout l'impression qu'il y ait un quelconque rapport de pouvoir entre nous. En ce qui concerne mon travail de gouvernante... je le vois plutôt comme une faveur que je te rends. En fait, même si c'est toi qui payes mon salaire, j'ai plutôt la sensation que le pouvoir est de mon côté. Je pourrais sans doute me comporter affreusement mal ; tant que je ne vends aucune photo, tu ne me vireras pas...

Diverses émotions étaient passées sur son visage comme elle lui révélait le fond de sa pensée ; cependant, elle n'en avait pas tout à fait fini.

— Bref, *ça*..., dit-elle en appuyant le mot d'un geste vague de la main, ça n'avait rien à voir avec un jeu de pouvoir, inutile de poursuivre l'autoflagellation.

Son regard la détailla et bientôt, les lignes soucieuses au coin de sa bouche s'apaisèrent.

— Alors... je ne t'ai pas effrayée ?

— Pas du tout.

Elle s'était fait peur à elle-même, c'était bien le problème ! Elle ne s'était pas sentie un seul instant forcée ou sous pression, elle était bien trop occupée à le regarder comme un délicieux dessert pour ça !

Comment avait-elle pu se laisser prendre ainsi dans la magie de l'instant, alors que Mark n'était plus là depuis… depuis deux ans, répondit une voix raisonnable en elle, qu'elle choisit d'ignorer.

— Dans ce cas, je ne comprends pas, Chloé. L'expression qui est apparue sur ton visage… C'était glaçant.

Tant mieux ! Comme ça, il n'essaierait sans doute plus jamais de l'embrasser !

— Je n'ai pas envie d'en parler et tu ne peux pas m'y forcer !

Seigneur, pourquoi fallait-il que sa voix sonne aussi immature ?

— Bien sûr que non, convint-il. Je n'en ai pas l'intention.

— J'ai des choses à faire, bredouilla-t-elle avant de s'enfuir pour de bon.

Une fois dans sa chambre, Chloé ne trouva pas le repos. La pièce était superbe, tout en bois et jaune chaleureux ; pourtant, il lui fut impossible d'apprécier le décor.

Son esprit était entièrement concentré sur Beau. Dès qu'elle fermait les yeux, elle voyait son visage envoûtant, elle imaginait ses mains se poser sur sa taille avant de l'allonger sur le lit. Quelle sensation éprouverait-elle si elle caressait les lignes dures de son dos musclé ? Si…

Elle se força à rouvrir les yeux, le corps parcouru d'un désir douloureux. Elle était sur le point d'abandonner toute retenue, seulement… Non ! Elle devait penser à Mark. Désirer un autre que lui était une trahison !

Pourtant, ce n'était pas ce qu'elle ressentait. Elle poussa une longue expiration pour retrouver un semblant de calme.

Au cours des deux dernières années, elle avait peu à peu accepté l'idée qu'il lui fallait aller de l'avant sans Mark. Et de toute évidence, son corps était vivant. Sa réaction était parfaitement normale, ce qui ne signifiait pas pour autant qu'elle devait céder à la tentation. À terme, son désir s'évanouirait, elle devait juste se montrer patiente. Si elle ne pouvait se fier à son corps, alors elle devait se concentrer sur son esprit.

Elle avait perdu Mark, soit, ça ne signifiait pas qu'elle devait renoncer à la vie qu'ils s'étaient bâtie : leur maison, leur entreprise... Tout ça était encore là. Comme elle songeait qu'elle pourrait perdre le peu qui lui restait de lui, la chaleur traîtresse quitta ses veines. Hélas, le désir ne fut pas remplacé par un quelconque apaisement. Au contraire, les inquiétudes et les peurs tournoyaient dangereusement dans son esprit.

Exaspérée, elle écarta sa couette et se leva brusquement. Elle allait descendre préparer une tasse de chocolat, la déguster lentement, puis elle reviendrait faire quelques exercices de relaxation.

Elle n'aurait jamais dû se réfugier si tôt dans sa chambre. Seulement, le dîner en compagnie de Beau avait été horriblement tendu et elle avait été soulagée de retrouver son refuge. Dommage que sa retraite ait échoué...

Six portes séparaient leurs deux chambres. À minuit passé, elle ne risquait pas de le déranger si elle ne faisait aucun bruit. Chloé entrebâilla prudemment la porte et descendit les marches sur la pointe des pieds. Ce ne fut qu'après le virage de l'escalier qu'elle le vit, assis sur la troisième marche. Il avait le visage tourné vers le sapin qu'ils avaient décoré et qui scintillait doucement dans l'obscurité.

Elle pouvait encore faire demi-tour sans révéler sa présence. Cependant, quelque chose dans ses épaules basses la retint. Elle avait été enfermée dans son propre chagrin si longtemps qu'elle songea soudain qu'elle était devenue hermétique aux souffrances des autres. Alors, elle descendit les dernières marches qui les séparaient et s'assit à distance raisonnable de lui.

— Tu n'arrives pas à dormir ? demanda-t-elle doucement.

Il secoua la tête sans répondre.

— Tu t'inquiètes encore pour ce qui s'est passé ?

— Non. Même si je reconnais que c'était... éprouvant.

— Mon caractère peut être éprouvant, convint-elle. Mais tu n'en es pas responsable.

Il lui sourit sans que son sourire atteigne son regard.

— Ce n'est pas ton caractère qui est en cause, Chloé. Et tu n'as pas perdu le contrôle de tes nerfs.

Vraiment ? Il lui semblait pourtant que c'était très exactement ce qui s'était passé.

— Ce qui est éprouvant, reprit-il en tournant vers elle son regard troublant, c'est que, tout à l'heure, j'ai eu l'impression de me sentir de nouveau vivant. C'était une sensation merveilleuse. Et puis, quand tu t'es brusquement détournée, j'ai cru que j'avais mal interprété tous les signes, je le crains toujours d'ailleurs... Enfin, bref...

Elle posa une main sur son bras pour l'apaiser, mais l'enleva aussitôt, la paume saisie de picotements à son contact.

— Tu ne t'es pas trompé, Beau. C'est seulement que je ne suis pas prête pour ce genre de choses.

Il la fixa un instant et elle eut l'impression étrange qu'il voulait la mettre au défi. La tension monta en elle, mais, finalement, il détourna les yeux.

— C'est pour ça que tu t'es senti mal ? Parce que tu pensais avoir mal compris les signes ?

— Depuis l'accident, je n'ai jamais osé imaginer qu'une femme puisse encore me trouver attirant. Alors, quand tu as battu en retraite, j'ai cru que j'avais été assez pathétique pour prendre mes rêves pour la réalité.

Chloé se retint de lever les yeux au ciel en comprenant qu'il en revenait encore à ses cicatrices.

— La plupart des femmes ne sont pas aussi superficielles que tu sembles le croire !

— Quoi qu'il en soit, je n'avais pas pris conscience que j'étais prêt à risquer d'être rejeté.

C'est cela qu'il pensait ? Qu'elle l'avait rejeté ? Mais enfin, sa réaction n'avait rien à voir avec ses cicatrices !

— Beau, je refuse que tu croies...

— Je sais.

— Tu ne sais pas ce que j'allais dire.

— Si. Je sais que mes cicatrices ne te dérangent pas.

Elle s'en assura en plongeant le regard dans ses iris incroyablement bleus. Bien.

— Dans ce cas, pourquoi tu as l'air si sombre ?

Elle ne voulait pas qu'il s'éloigne, qu'il la mette à l'écart. Depuis quand ne s'était-il pas confié à un autre être humain ? Son isolement la bouleversait et elle voulait l'aider.

Il finit par pousser un soupir en regardant le sapin. Puis il lui montra l'album photo posé à côté de lui.

— J'ai parcouru ça. Le Noël de mes sept ans. Je voulais voir comment on décorait le hall de réception à l'époque. J'avais l'idée folle de le recréer à l'identique.

Chloé prit l'album et le parcourut avant de laisser échapper un sifflement d'admiration.

— Quoi qu'il en soit, en parcourant ces photos, j'ai mesuré à quel point j'avais inquiété ma grand-mère. C'est elle, là, dit-il en désignant une grande femme dotée du même regard pénétrant que lui.

Tout chez elle révélait une respectabilité rigide ; cependant, son sourire était sincèrement bon.

— Elle a l'air d'être une personne admirable...

— Elle l'est. Là, c'est mon père... et ma mère.

Il avait hérité ses épais cheveux noirs de celle-ci et sa bouche parfaite de son père.

— Quand l'entreprise de mon père a fait faillite, il s'est réfugié dans la drogue, lâcha-t-il d'un ton dur. Ma mère a fait une sorte de dépression nerveuse et elle s'est retirée dans un ashram en Inde.

Chloé leva brusquement les yeux vers lui, stupéfaite.

— Ton père est-il encore en vie ?

— Il a fait une overdose qui aurait dû lui être fatale, mais il a miraculeusement été réanimé. Cela dit, son cerveau a manqué d'oxygène trop longtemps : il est dans une clinique d'excellence, mais ne reconnaît plus personne.

— Mon Dieu, Beau, je suis désolée ! Quel âge avais-tu quand c'est arrivé ?

— Huit ans. L'année qui a suivi ce Noël, dit-il en faisant un signe de tête vers l'album. Ma grand-mère est heureusement venue à la rescousse. Elle a mis un toit sur ma tête, m'a envoyé à l'école et s'est assurée de me donner de son temps, malgré ses occupations et ses œuvres de charité. Je l'aime tendrement, bien qu'elle soit assez... rigide.

Chloé sentit son cœur se serrer de compassion. Le pauvre ! Il aurait tellement eu besoin d'une mère comme la sienne, prête à le couvrir de câlins et d'amour, une mère pour qui il aurait été le centre de l'univers.

— En tout cas, en te voyant te soucier de ne pas causer d'inquiétude à ta famille, j'ai compris que je n'avais jamais songé à protéger ma grand-mère. Pas suffisamment, du moins. Elle doit être terrifiée à l'idée de me voir emprunter le même chemin que mon père. Pourtant, je n'ai jamais pensé à la rassurer sur ce point.

Elle pressa gentiment son bras.

— C'est quelque chose qui peut facilement s'arranger. Inutile de rester dans le noir sans dormir pour cela.

Il se redressa légèrement.

— Je l'appellerai dès demain.

— Ce serait un excellent début. Cela dit, d'après mon expérience, les gestes sont plus efficaces que les mots.

Pensif, il se passa les doigts sur les lèvres et elle s'obligea à ne pas y attarder ses regards.

— Tu as raison. Elle doit me voir m'activer. Je vais lui parler de la décoration du hall, de nos projets pour le jardin et des pipistrelles qui y ont élu domicile.

— Appelons ça le plan A ! s'exclama-t-elle avec enthousiasme. Nous pouvons tous les deux nous soutenir pour nous remettre sur pied et ne plus inquiéter nos familles.

Elle s'interrompit avec une grimace.

— J'ai l'air d'un cliché ambulant de motivation personnelle.

Il n'empêche, arrêtons l'un et l'autre de broyer du noir, ce sera un bon début. Tu veux un chocolat chaud ?

— Je m'en occupe.

Quelques jours plus tard, Chloé parcourait du regard les bouteilles qui s'alignaient le long du bar du pub.

— Je vais prendre du vin chaud ! Il gèle dehors et ça réchauffe.

Il rit devant son sourire gourmand.

— Va t'installer à la table devant le feu, je vais passer commande.

Comme elle marquait une hésitation, il s'alarma aussitôt :

— Qu'y a-t-il ?

— C'est seulement... Ça te va d'être ici ? Il y a beaucoup plus de monde que je ne m'y attendais.

— C'est courant pour la soirée fléchettes, expliqua-t-il. Et je vais bien, il n'y a que des locaux ici, les touristes vont à l'autre pub, qui est plus élégant.

Elle hocha la tête et partit leur garder la table tandis qu'il se chargeait des boissons.

— Alors ? Qu'est-ce que tu en penses ? demanda-t-il un peu plus tard.

— Du vin ou de l'endroit ?

— Les deux.

— Le vin est... intéressant. Et j'adore cet endroit.

Cela voulait dire qu'elle détestait le vin, mais aimait-elle vraiment le Nag's Head ?

— Au fait, je nous ai inscrits au prochain tournoi de fléchettes, annonça-t-elle.

— Quoi ? s'exclama-t-il en s'étouffant à demi dans sa bière.

Il venait jusqu'ici pour être vu, soit, pas pour participer aux réjouissances !

— C'est toi qui as dit que c'était soirée fléchettes... Et puis, le lot des gagnants est ce gros jambon de Noël suspendu au plafond et j'en ai très envie.

— Tu sais jouer ?

— J'ai deux grands frères ! Je me débrouille.

— J'étais très fort à l'université, renchérit-il.

Elle le toisa du regard, pas du tout impressionnée.

— C'était quand ? Au siècle dernier ? Allez, viens, champion, voyons si tu arrives à voir la cible avant que la compétition commence pour de bon !

Beau avala une longue rasade de sa bière et la suivit, le sourire aux lèvres.

Ils ne gagnèrent pas le jambon, mais se hissèrent dignement à la troisième place, ce qui leur valut de rentrer avec un pudding de Noël.

Chloé remporta un immense succès auprès des habitués qu'il connaissait pour la plupart depuis l'enfance. Il en profita pour la filmer après son deuxième verre – une pinte de bière brune – quand elle entraîna la foule dans une chanson venue tout droit d'Australie. Sa mère allait adorer !

Lui-même ne se rappelait pas la dernière fois qu'il s'était autant amusé. Cette pensée le dégrisa brutalement. Quand son contrat prendrait fin, Chloé repartirait. Elle ne lui devait rien. Ainsi, il pouvait profiter d'elle tant que ça durait, mais il ne devait pas s'habituer à sa présence quotidienne.

Le plan était simple : il l'aidait à retrouver un peu de la joie de Noël pour rassurer sa famille ; elle l'aidait à convaincre sa grand-mère qu'il allait bien. Au passage, elle créerait le jardin de ses rêves ; après quoi, leurs chemins se sépareraient… Fin de l'histoire.

— Alors ? Est-ce que ça te convient ?

Beau jeta un regard au jardin, impressionné. Dans son esprit, il voyait parfaitement se dessiner ce qu'elle avait imaginé. Le résultat serait encore plus magnifique que prévu. Sa vision lui donnait envie de voir plus grand. Ainsi, il songeait à installer quelques ruches.

— Beau ?

Il revint au présent devant sa mine perplexe.

— Pardon ? Tu disais ?

— Est-ce que le circuit de l'eau te convient aussi ? Un étang ici, deux ruisseaux qui partiraient de part et d'autre pour arriver dans un bassin d'agrément…

— Absolument ! Ce sera superbe. Et tu es sûre que toi, George et moi suffirons pour les travaux ?

— Oui, oui. Bon, et sinon, je vais faire de mon mieux pour utiliser le plus de ressources locales : récupérer les pierres des lits de rivière pour dessiner les chemins, acheter les plants et le fertilisant aux gens du coin…

Elle avait beaucoup réfléchi à tout cela et tentait visiblement de lui faciliter la tâche, ce qui lui réchauffait le cœur. Il eut soudain honte de ne pas lui avoir suffisamment montré combien il lui était reconnaissant de son implication.

— Chloé, tu as fait des miracles et tout ce que tu proposes me paraît parfait. Merci pour ton travail, vraiment.

Elle faillit ouvrir la bouche de stupeur, mais se rattrapa.

— Je… euh, merci. Je suis contente que ça te convienne. D'ailleurs, je me demandais…

— Oui ?

— Est-ce que tu accepterais que je prenne des photos avant/après du jardin pour les inclure dans mon portfolio ?

Tout en lui se raidit dans l'instant. Comment pouvait-elle lui demander une chose pareille ?

— C'est hors de question ! Je pensais avoir été clair !

Il avait cru qu'ils étaient enfin sur la même longueur d'onde ! Prendre conscience qu'il s'était lourdement trompé faisait mal. Vraiment mal.

— OK, OK, dit-elle en levant les mains. J'ai seulement posé la question.

Ils s'affrontèrent du regard et Beau s'efforça de desserrer

ses mâchoires crispées, se sentant malgré lui coupable de son regard soudain terne.

— Bref, où en étions-nous ? reprit-elle. Tu ne veux rien enlever ou ajouter ?

— Pourquoi ? Il faut changer quelque chose selon toi ?

— Non, mais ce n'est pas mon avis qui compte, ce qui importe, c'est que *ta* vision prenne vie.

Beau fit rouler ses épaules pour les décrisper et détourna les yeux de son regard, qui le sondait. Son opinion à elle aussi comptait, simplement parce qu'elle était l'experte, rien de plus.

— J'approuve entièrement tes propositions, dit-il enfin. Tu n'as pas seulement compris ce que je voulais, tu as enrichi mon projet et tu l'as amélioré. Je suis désolé de ne pas avoir davantage complimenté tes efforts.

— Je n'ai pas besoin de compliments. Je veux juste m'assurer que j'ai tous les éléments en main avant de me mettre sérieusement au travail.

Malgré ses dénégations, la vulnérabilité qu'il entrevit dans son regard lui donna envie de jurer.

— Je sais que tu es la paysagiste qu'il me faut depuis que j'ai vu ces photos du jardin pour lequel tu as remporté un prix. Si on ajoute à ça ta connaissance des jardins anglais... D'ailleurs, comment se fait-il que tu en saches autant sur le sujet ?

— J'ai choisi le sujet pendant ma deuxième année d'études. La faute aux livres de Beatrix Potter. J'ai toujours regretté de ne pas pouvoir créer des jardins pareils à Sydney.

— Dans ce cas, pourquoi tu t'inquiètes tellement de ne pas t'y prendre correctement ?

Elle plissa le nez de cette façon qu'il trouvait adorable. Plus il y songeait, plus il y avait de choses qu'il trouvait adorables chez elle, et ce n'était pas du tout une bonne nouvelle.

Mieux valait rester concentré sur le jardin.

— Je n'ai pas fait beaucoup d'aménagements paysagers ces deux dernières années, admit-elle avec un rire sans joie. Plus précisément, je n'en ai pas fait du tout.

Beau sentit son cœur se serrer, comme à chaque fois que ses

paroles la ramenaient à son défunt mari. Chloé ne le voyait pas comme un homme, avec ou sans ses cicatrices… tout simplement parce qu'il n'y avait que Mark qui habitait son esprit.

— Comment as-tu fait pour gagner de l'argent, dans ce cas ? s'enquit-il avant de le regretter. Pardon, ça ne me regarde pas. C'est juste que… j'imagine que si j'avais été à ta place, je me serais noyé dans le travail pour ne plus penser.

— Menteur, souffla-t-elle sans animosité. Qu'as-tu fait quand ton monde s'est effondré ? Tu t'es caché ici comme un ours, sans laisser personne approcher.

Il se passa une main sur le visage, frappé par la justesse de cette analyse.

— C'est vrai, j'ai eu besoin de temps seul pour retrouver un sens à mon existence.

Elle posait sur lui son regard perçant et il se sentit embarrassé.

— Et tu places la redécouverte du sens dans ce jardin ?

Il hocha solennellement la tête.

— Mark et moi avons lancé notre entreprise de jardinerie avec ses parents. Après sa mort, je n'arrivais plus à échanger avec qui que ce soit, alors ses parents se sont occupés des relations avec la clientèle, pendant que je me consacrais au travail manuel – déraciner, planter, semer… Je n'étais pas capable de faire plus. Maintenant, je me sens enfin prête à revenir à ce que je sais faire de mieux.

Il comprenait. En vérité, il aurait voulu lui poser davantage de questions, mais son expression disait clairement qu'elle ne comptait pas se confier davantage. D'ailleurs, elle changea fermement de sujet :

— Tu es bien certain que tous ces aménagements ne dérangeront pas les pipistrelles ?

— On prendra toutes les précautions nécessaires. Surtout, dès que les travaux seront terminés, cet endroit sera un paradis pour elles. J'y ai réfléchi…

Comme ces yeux s'étaient illuminés, il poursuivit ses explications, détaillant comment il comptait en attirer davantage et les pucer pour comprendre leurs déplacements…

— Du calme, du calme ! l'interrompit-elle en riant.

— Pardon, je m'emballe. Ça doit être affreusement ennuyeux...

— Pas du tout, c'est fascinant ! Mais tu devrais enregistrer ces explications ! C'est de l'or pour tes documentaires !

Comme elle sortait son téléphone, Beau sentit la colère monter en lui. Elle voulait le filmer ? Cette idée lui donnait envie de hurler et de frapper du poing. Devant sa réaction, elle perdit soudain son assurance.

— J'ai pensé qu'un enregistrement pourrait être utile, comme une sorte de journal de bord. Pardon, c'était une suggestion idiote. Ma famille a adoré la vidéo que tu as prise de moi au pub, c'est pour ça... Depuis, ma mère te considère comme la crème de la crème.

Beau ferma les yeux et compta jusqu'à trois avant d'admettre :

— En fait, c'est une bonne idée.

Ses yeux s'écarquillèrent de stupeur.

— Ah bon ? balbutia-t-elle. J'ai tellement l'habitude de dire ce qu'il ne faut pas avec toi que je pensais avoir encore gaffé.

— Non, non, c'est moi qui suis stupide de flipper dès que je vois une caméra.

Il attendit qu'elle le contredise... en vain.

— Faisons cette vidéo. Si elle ne te plaît pas, tu pourras toujours l'effacer. Et si elle te plaît, elle prendrait place dans le journal que tu devrais faire sur le réaménagement du jardin.

— D'accord, lâcha-t-il en s'efforçant de se décrisper quand elle mit la vidéo en route.

— Raconte-moi pourquoi ce projet de jardin te passionne, Beau.

Sans même y penser, il laissa ses vieux réflexes reprendre le dessus et, en un instant, il était redevenu le documentariste qu'il avait été pendant des années. Il expliqua que le jardin appartenait à sa famille depuis des générations, mais qu'il avait été négligé depuis des décennies. Il détailla comment il comptait en faire un sanctuaire pour les oiseaux, les papillons et les autres animaux qui trouveraient leur chemin jusque-là. Puis il se dirigea vers le vénérable charme pour décrire l'odeur inhabituelle qui lui avait permis de découvrir la colonie de pipistrelles. Il énuméra les raisons pour lesquelles leur habitat était menacé, puis, tout naturellement, lui prit le téléphone des mains pour filmer leur repaire.

Quand il revint sur le chemin, il leva la caméra vers Chloé qui s'était assise sur un muret.

— À ton tour, parle-moi de ce que tu imagines pour ce jardin.

— Oh ! euh... Le mieux serait de commencer de l'autre côté du jardin, déclara-t-elle enfin.

Cette fois, elle s'immergea dans son propos et décrivit chaque parcelle telle qu'elle serait à la fin des travaux. Elle croisa enfin son regard et conclut :

— Voilà, c'est tout pour moi.

Il éteignit l'enregistrement et baissa lentement le téléphone. Puis il lui tendit l'appareil, envahi d'un étrange vertige.

— J'ai presque vidé toute ta batterie, dit-il enfin.

— Tu étais incroyable. J'étais fascinée par ce que tu racontais. C'est tellement... naturel chez toi. Qu'est-ce que... qu'est-ce que tu as éprouvé ?

Beau sentit sa gorge se serrer. À vrai dire, il détestait l'étrange sensation qui s'était réveillée au creux de son ventre. Si seulement elle pouvait se remettre en sommeil ! Malheureusement, il craignait que rien ne puisse la faire taire, désormais.

Il parvint à retenir les mots cinglants qui montaient dans sa gorge, mais son expression dut le trahir, car elle eut un mouvement de recul. Alors il s'éloigna brusquement, avant de dire ou de faire quelque chose qu'il risquait de regretter.

Chloé ne tenta rien pour le retenir et il se répéta que c'était mieux ainsi, qu'il voulait être seul. Il rejoignit son bureau à pas rapides et claqua la porte avant de se laisser tomber sur son fauteuil.

Hélas, quand il fermait les yeux, il ne voyait rien d'autre que l'expression perdue de Chloé. Et quand il les rouvrit, il ne ressentit rien d'autre qu'un vide immense.

Cette séance d'enregistrement vidéo avait brutalement ramené à sa conscience tout ce qu'il avait perdu. Lui qui croyait avoir accepté la fin de cette carrière qu'il avait adorée ! Il serra le poing, ravagé par la souffrance et l'amertume.

Soudain, son ordinateur lui envoya une notification. Il avait deux messages en attente : l'un de la mère de Chloé, l'autre de sa grand-mère.

Il ouvrit celui de Mme Jennings en premier :

Cher Beau,

Merci infiniment d'avoir fait sortir Chloé pour qu'elle s'amuse. C'était très gentil à vous d'avoir filmé ces bons moments, cela m'a fait beaucoup de bien. Vous êtes un gentil garçon et je vous envoie toute mon affection.

Gentil ? Certainement pas. La faire se sentir responsable parce que sa vie avait pris un tournant qu'il ne voulait pas était tout sauf *gentil*. Rien de ce qui s'était passé cet après-midi n'était de sa responsabilité.

Avec un soupir, il ouvrit le mail de sa grand-mère :

Mon cher – et récalcitrant – petit-fils,

Je t'ai à peine parlé depuis deux mois, et avant que tu soulèves une objection, sache que je ne considère pas les échanges par e-mail comme un substitut de qualité. L'idée que tu passes Noël seul à Dawncarden, sans même Stéphanie pour te tenir compagnie, m'est intolérable. Tu ne cesses de me répéter que tout va bien, mais je n'y crois pas un instant.

Alors, à moins que tu ne me convainques que tu vas *vraiment* bien, je te préviens que je compte annuler mon séjour à Florence pour te rejoindre. Il est plus que temps de secouer un peu ta solitude…

Une nouvelle notification apparut en bas de l'écran : Chloé. Son mail ne contenait rien d'autre que le fichier joint de la vidéo. Son cœur se mit à battre douloureusement dans sa poitrine.

Il la visionna en entier avant de se laisser retomber contre son dossier, le regard perdu vers le plafond. Puis il la relança. La prise de vue et de son était amatrice ; pourtant, force était de reconnaître que le résultat était… bon. Malgré ses cicatrices…

Il parlait avec assurance et la vidéo témoignait de sa passion et de son enthousiasme. Chloé avait raison : cet enregistrement avait de la valeur. Il ouvrit une page de réponse et se mit à taper frénétiquement sur son clavier.

Très chère et vénérable grand-mère,

Toutes mes excuses pour mon manque de communication. Face à une caméra, je suis capable de parler des heures, mais j'enchaîne à peine deux phrases cohérentes au téléphone.

Je tiens cependant à t'assurer que je vais réellement bien. La raison de mon silence est que j'ai été pris par mon projet de restauration du jardin clos. Je pense que la pièce jointe à ce mail te convaincra que tu peux profiter de Florence l'esprit tranquille.

Ton récalcitrant, néanmoins aimant, petit-fils.

6

Chloé pétrit la pâte à biscuits jusqu'à ce que son bras lui fasse mal. Elle ne pleurerait pas. Hors de question. Elle dut cependant cligner des paupières en revoyant pour la centième fois l'expression de Beau après qu'elle l'avait filmé.

Elle s'était imaginé qu'il suffirait de le remettre en selle pour lui faire retrouver sa passion. Quelle idiote ! Si seulement elle avait pu remonter le temps et ravaler cette stupide suggestion de tenir un journal vidéo de l'aménagement du jardin !

Elle était prête à tout pour lui éviter une nouvelle souffrance. Non seulement parce qu'il en avait déjà subi suffisamment, mais aussi parce qu'elle en était venue à l'apprécier sincèrement.

Il ne lui en voulait pas quand elle perdait son sang-froid, comme s'il comprenait qu'elle avait besoin de cette décharge. Ainsi, depuis qu'elle était à Dawncarden, une partie de la rage intérieure qui l'habitait avait perdu de sa virulence et elle était consciente qu'elle le devait à Beau. Il lui avait rappelé qu'il y avait encore dans sa vie des choses belles qui méritaient sa reconnaissance, à commencer par sa famille. Grâce à lui, elle pouvait de nouveau ressentir, au plus profond de son cœur, comme leur amour lui faisait du bien.

Des pas résonnèrent dans le couloir et elle recommença à battre la mixture avec plus d'énergie encore. Espérons que la pâte apprécierait.

Beau entra dans la cuisine et elle interrompit son geste mécaniquement. Inutile de feindre d'être occupée quand il la regardait ainsi. Elle ouvrit la bouche, la referma. Si seulement elle avait les mots pour le réconforter, pour le rassurer. Cette idée la prit de court. Depuis quand ne s'était-elle pas souciée de la sorte d'un autre être humain ? Son chagrin l'avait-il rendue égoïste à ce point ?

Les yeux fixés sur la pâte à biscuits, Beau se passa une main dans les cheveux.

— Je venais m'excuser pour mon comportement. J'ai été grossier et je comprends que mes actes...

— Non ! C'est à moi de m'excuser, l'interrompit-elle. Je t'ai poussé à faire quelque chose que tu ne voulais pas. Je pensais que ça te ferait du bien, mais je n'avais aucun droit...

Elle se remit à battre furieusement la pâte.

— Je ne suis pas psy, je n'aurais jamais dû...

Elle s'interrompit une nouvelle fois en le voyant pointer le doigt vers le bol, l'expression incertaine.

— Quoi ?

— Euh... non, rien.

Elle observa le contenu du récipient à son tour. Bon, d'accord, elle n'avait de toute évidence pas le toucher magique de Stéphanie, mais il verrait quand les *shortbreads* sortiraient tout chauds du four ! Elle croisa mentalement les doigts avant de revenir à la conversation.

— Bref, je suis désolée, Beau. Il y a bien trop de bazar dans ma propre vie pour que je me permette de donner des conseils à quiconque.

— Je ne trouve pas que ta vie soit en bazar, répondit-il. Je pense que tu as un talent remarquable et qu'un avenir brillant t'attend.

— Merci, souffla-t-elle, la gorge soudain serrée.

Il s'assit sur une chaise.

— Et tu ne m'as pas forcé à faire cette vidéo. Ton idée de journal vidéo est tout à fait sensée.

Elle s'assit à son tour, abandonnant ses biscuits pour lui offrir toute son attention, comme il savait si bien le faire.

Cependant, ses yeux dérivèrent malgré elle vers ses larges

épaules, et la puissance de ce grand corps fit battre son pouls plus vite. Elle fit de son mieux pour ignorer la réaction involontaire de son cœur qui s'emballait.

Il leva le regard vers elle, l'obligeant à se concentrer.

— C'était totalement hors de propos de m'emporter comme je l'ai fait.

Il semblait tellement démuni, tellement perdu, qu'elle se sentit infiniment touchée par sa vulnérabilité.

— Tu veux savoir ce que je pense ?

Elle ne commettrait plus l'erreur de lui imposer son opinion, si cela risquait d'aggraver son mal-être. Il hocha gravement la tête et elle lut dans ce simple geste toute la confiance qu'il avait en elle.

— Je n'ai jamais cru que tu jouais un personnage dans tes documentaires, je pense donc que ce qui t'a déstabilisé, c'est de recommencer à partager un peu de toi-même de nouveau.

Son odeur mâle lui parvint, un parfum qui lui donnait envie de s'abandonner sans réfléchir à l'instinct qui la poussait vers lui. Elle s'obligea à s'écarter et reprit :

— Quand tu passais à la télé, tu partageais naturellement ta passion pour la vie sauvage avec ton audience. Tu parvenais à nous faire vibrer de cette même passion.

— C'est vraiment ce que mes documentaires te faisaient ressentir ? demanda-t-il d'une voix légèrement rauque.

Elle confirma d'un hochement de tête.

— Maintenant, à cause de cette stupide chaîne qui t'a viré, nous ne pouvons plus bénéficier de ton point de vue éclairant et ça craint !

Il afficha l'ombre d'un sourire.

— Tu sais que tu fais beaucoup de bien à mon ego… C'est seulement… Cette vidéo m'a brutalement rappelé combien ça me manque de ne plus faire ces documentaires. Je déteste l'idée que je ne pourrais plus jamais poursuivre cette activité.

Chloé ne connaissait rien au monde de la télévision, mais cette option était-elle définitivement fermée pour lui ? Se pouvait-il qu'absolument toutes les chaînes privilégient l'apparence plutôt que l'expertise ?

— Quoi qu'il en soit, j'ai visionné le fichier que tu m'as envoyé, reprit-il. Et c'est vrai que c'est bon.

Chloé ressentit un immense soulagement de l'entendre admettre l'évidence. Elle aurait pu le lui répéter mille fois, il ne l'aurait pas cru sur parole.

— Alors, tu te sens mieux ?

— Oui… j'avais simplement oublié que tout ce qui nous atteint n'est pas forcément mauvais pour nous. J'imagine que c'est quelque chose que tu comprends mieux que personne… Perdre Mark t'a causé une peine immense, mais tu ne regrettes pas pour autant de l'avoir autant aimé. Souffrir moins, cela aurait signifié l'aimer moins.

Trop émue pour parler, elle ne put que hocher la tête.

— Bien sûr, perdre un travail n'a absolument rien à voir avec ce que tu as subi, mais…

Elle parvint à déglutir pour murmurer :

— Mais ce n'était pas simplement un travail pour toi, c'était une véritable mission.

Ils gardèrent le silence un long moment, les yeux dans les yeux. Son regard s'était obscurci, comme s'il cherchait à contenir la violence de ses émotions.

— Je savais que tu comprendrais, souffla-t-il enfin.

Une étrange énergie passa entre eux, comme une chaleur qui reliait leurs deux corps. Heureusement, il recula sur sa chaise. Aussitôt, Chloé bondit et se mit à façonner des biscuits dans la pâte.

— Quoi qu'il en soit, reprit-il, j'ai pensé que je pourrais reprendre mes enregistrements pour moi-même. Après tout, ce sera passionnant de voir comment le jardin évolue et se développe, quelles espèces il parvient à attirer, celles qui s'y trouvent déjà. Je me suis longtemps concentré sur les lieux exotiques qui font plus d'audience, mais ce qui se passe dans nos jardins locaux est tout aussi fascinant.

Chloé l'avait écouté avec attention, et plusieurs questions

lui trottaient dans la tête : qui pourrait bénéficier de tous ces précieux renseignements s'il les gardait pour lui seul ? Elle serait prête à payer pour y avoir accès et d'autres aussi...

— J'ai une question...

— Oui ?

Elle vit clairement la prudence s'éveiller dans son regard.

— Écoute, si tu préfères que je ne dise rien, je ne me braquerai pas, assura-t-elle.

— Non, non, qu'est-ce que tu veux savoir ?

— Eh bien, je n'y connais rien au monde de la télé, mais il n'y a pas une seule chaîne. Ce n'est pas parce que ceux pour qui tu travaillais t'ont viré qu'une autre chaîne ne voudra pas de toi... si ?

Il ne répondit pas immédiatement, et elle étendit du papier cuisson sur la plaque pour lui laisser le temps de réfléchir. Malheureusement, quand elle voulut soulever le premier cercle de pâte de la table, il y resta collé. Elle prit un couteau pour le décoller, mais le tout tomba en morceaux.

Quand elle leva les yeux, elle découvrit que Beau se retenait de rire. Bon sang ! Elle pensait pourtant avoir suivi la recette de Stéphanie à la lettre !

— Stéphanie dépose de la farine sur la table avant d'y étaler la pâte pour éviter que ça accroche, indiqua aimablement Beau.

— Mince, erreur de débutante, admit-elle avec une grimace.

— Laisse-moi faire, dit-il en prenant une spatule.

Il parvint à ne pas réduire les cercles en bouillie, mais chacun laissait tout de même une trace de pâte collante sur la table.

— Toutes les chaînes ont le même but : leurs scores d'audience. Avant l'accident, les miens étaient excellents.

— J'imagine. Qu'est-ce qui s'est passé, exactement ? Comment est-ce arrivé, ton visage ?

Il croisa furtivement son regard, gardant le silence un moment.

— Tu as dû voir les gros titres.

— Je n'ai jamais aimé la presse à scandale, expliqua-t-elle. J'ai appris qu'il t'était arrivé quelque chose et que tu te remettais, je n'ai pas cherché plus de détails.

Chloé se pinça les lèvres, vaguement honteuse. Elle avait été tellement concentrée sur son propre chagrin qu'elle ne s'était pas préoccupée du reste du monde.

Beau déposa le dernier biscuit sur le plat du four avant de s'asseoir sur la chaise située à côté d'elle. Elle lutta aussitôt contre l'envie de poser la main sur les muscles de son bras.

— De toute façon, la presse n'a jamais obtenu toute l'histoire. Nous étions en plein tournage en Afrique et nous suivions ce léopard depuis quelques semaines. Nous avions quelques prises excellentes, mais je voulais l'approcher davantage.

— Tu n'avais pas peur ?

— Il y a toujours du danger, bien sûr, mais nous étions prudents. Nous n'approchions qu'après ses repas, et nous n'avions pas représenté la moindre menace pour elle. Bref, on s'est installés pour reprendre le tournage. Tout près. Je prenais soin de parler à voix basse et de bouger le moins possible. Nous étions tous pris par la magie du moment…

Il s'interrompit si longtemps qu'elle murmura :

— Qu'est-ce qui a mal tourné ?

Il releva le visage, les yeux presque noirs.

— L'un des cameramen… C'est un phénomène connu quand on regarde un objet à travers un objectif, l'observateur est fasciné et il oublie qu'il n'est pas séparé de l'objet par un écran. Il a continué de s'approcher d'elle, parce qu'elle était magnifique.

Chloé sentit l'angoisse lui serrer violemment la gorge.

— Si près qu'elle s'est sentie menacée. Nous étions sur son territoire, et plutôt que de fuir, elle a réagi par l'attaque. J'ai crié au cadreur de reculer, mais il était trop tard. J'étais responsable, c'était moi qui avais insisté pour qu'on s'approche en premier lieu, alors j'ai fait la seule chose à faire : j'ai attiré son attention.

Chloé sentit une brusque flambée de colère, aussi brutale qu'irrationnelle, l'envahir.

— Tu as *quoi* ? Tu aurais pu être tué !

— Je ne voulais pas être responsable de la mort de quelqu'un. Cette idée était plus intolérable que… le reste, lâcha-t-il en haussant les épaules.

— Tu aurais pu mourir, répéta-t-elle d'une voix blanche.

— Des gens meurent tous les jours, Chloé, répondit-il d'une voix douce. Est-ce que ma mort aurait été si grave ?

— Bien sûr que oui ! explosa-t-elle. Rien que d'y penser...

— Tu aimais mes documentaires à ce point ?

— Non, enfin, si, bien sûr, mais c'est l'idée que tu puisses ne plus être... Certes, si c'était arrivé ce jour-là, avant que je te connaisse, j'aurais été attristée comme on l'est par une mort survenue trop tôt. Maintenant... je ne supporte pas la pensée que tu puisses...

L'horreur sincère qu'il perçut dans son regard le transperça de part en part. Son cœur se mit à battre bien trop fort et une émotion inconnue monta en lui.

— Pourquoi ? insista-t-il en se penchant vers elle.

Il pouvait lire sur ses traits la confusion et la consternation.

— Parce que j'ai le sentiment que nous nous comprenons, que nous sommes amis ! Peut-être que tu ne ressens pas la même chose, ou que tu ne mesures pas combien c'est rare...

— Je ressens la même chose, la coupa-t-il avant d'avoir pu réfléchir à ce qu'il disait.

Il ne voulait pas qu'elle soit la seule à s'exposer. De plus, ce n'était que la vérité. Il vit son souffle se bloquer.

— Enfin, peut-être que ce sentiment n'est pas si rare, souffla-t-elle, troublée. Peut-être que c'est moi qui ne l'ai pas ressenti pour quelqu'un d'autre depuis des siècles, parce que j'étais trop préoccupée par mon propre chagrin et l'envie de faire croire à ma famille que tout allait bien. Mais je n'ai pas à prétendre quoi que ce soit devant toi et c'est une sensation... merveilleuse, acheva-t-elle dans un murmure.

Beau respirait à peine. Il savait. Il ressentait exactement le même émerveillement de savoir qu'elle ne se souciait pas de ses cicatrices. Il plongea son regard dans le sien et sut qu'elle voyait jusqu'au fond de son âme, exactement comme il la voyait, sans fard, sans mensonge. Aucun d'eux ne se cachait.

L'instant d'après, elle était dans ses bras. Il ne savait pas lequel avait fait le premier pas vers l'autre, mais leurs lèvres se joignirent sans aucune hésitation. Il n'y avait pas d'urgence dans leur étreinte, mais une attraction irrésistible, évidente, brûlante.

Sa délicate senteur florale monta autour de lui et la douceur de leur baiser eut raison du poids qui l'oppressait en permanence. Soudain, à la place de ce fardeau, il n'y eut plus que légèreté et chaleur.

Puis elle entrouvrit ses lèvres si douces et leurs langues s'effleurèrent. Brusquement, la chaleur se transforma en brasier et quand elle pressa son corps contre le sien, Beau fut consumé de désir. Il voulait la débarrasser de ses vêtements pour découvrir tous les secrets de son corps ; la rendre folle au point qu'elle le supplie de la satisfaire enfin.

Elle glissa la main sous sa chemise et le contact de sa peau nue sur la sienne lui coupa le souffle. Quand il déposa une pluie de baisers dans son cou, elle laissa sa tête retomber en arrière et l'agrippa plus fermement. Beau poursuivit son exploration jusqu'à la naissance de son décolleté. Les doigts tremblants d'un désir à rendre fou, il écarta son haut et le fin tissu de son soutien-gorge pour embrasser une pointe tendue.

Son gémissement de volupté se répercuta en lui avec violence et il fit passer le haut par-dessus sa tête. Il voulait sentir sa peau sous ses doigts.

Quand elle murmura son nom d'une voix rauque de désir, il la souleva pour l'asseoir sur la table et se pressa entre ses cuisses. Elle noua instinctivement ses jambes autour de ses reins et prit son visage dans ses mains pour lui donner un baiser enivrant.

Ses doigts caressaient les cicatrices de son visage, mais il ne ressentait ni crainte ni gêne, parce qu'elle le touchait comme si elle voulait mémoriser chacun de ses traits. Il brûlait de vider la table pour l'y allonger et se perdre en elle.

Chloé avait passé les bras autour de son cou et il ne pouvait se rassasier de la vision de ses lèvres entrouvertes sur son souffle court, de ses yeux brillants de désir... Mais brusquement, ses mots lui revinrent en mémoire. Dans un effort surhumain, il parvint à reprendre le contrôle. Elle le considérait comme un soutien, un ami et il avait besoin d'être cela pour elle.

— Tu es incroyablement belle, Chloé, murmura-t-il. Tu n'imagines pas à quel point j'ai envie de toi.

Doucement, il écarta une mèche de son front.

— Mais j'ai besoin de savoir que tu en as autant envie que moi. Je ne veux pas que tu sois prise de remords après. Je ne veux pas être celui qui te causerait ces regrets.

Il la contempla, respirant à peine, tandis que ses paroles se frayaient un chemin jusqu'à sa conscience.

— Si tu le veux autant que moi, souffla-t-il en serrant brièvement ses mains autour de sa taille, je peux te promettre de faire en sorte de te donner autant de plaisir que tu m'en donneras.

Il pouvait sentir le combat qui faisait rage en elle. Alors, à contrecœur, il s'écarta et les releva tous deux. Il récupéra sa jupe et la lui tendit.

— Tu... tu veux que je me rhabille ? demanda-t-elle.

— Non ! s'exclama-t-il, les poings serrés. Ce que je veux, c'est arracher les vêtements de ton corps et te prendre à même le sol. Seulement, mon instinct me dit que tu as besoin d'un peu d'espace. J'ai entendu ce que tu as dit : que nous nous comprenions, que nous étions amis. Et c'est aussi ce que je veux et ce que je pense.

— Mais tu ne crois pas que je te désire ? demanda-t-elle, les sourcils froncés.

— Je sais que tu en as envie, toi aussi. Mais es-tu certaine que tu n'auras aucun regret si nous faisons l'amour ?

Chloé détourna le regard, l'air perdu et voulut repasser son haut sur ses épaules, mais elle se bloqua dans les manches retroussées et il dut l'aider avant de reculer précipitamment. Elle se laissa tomber sur une chaise.

— Je ne sais pas, avoua-t-elle. Je sais que je ne devrais pas me sentir coupable de faire l'amour avec quelqu'un d'autre que Mark. Mon esprit le sait, seulement...

— Ce n’est pas ce que tu ressens dans ton cœur, conclut-il en posant devant elle une tasse de thé.

Elle leva sur lui un regard si désemparé qu’il eut envie de la serrer dans ses bras.

— Je suis désolée, je n’aurais pas dû t’embrasser alors que je ne savais pas...

— Bien sûr que si. Nous sommes des adultes consentants, Chloé. Et nous avons l’un comme l’autre le droit de retirer ce consentement à tout instant.

— C’est vrai, admit-elle en soufflant sur son thé.

— Est-ce que tu as déjà couché avec quelqu’un juste pour le fun ? s’enquit-il, curieux.

Elle arrêta sa tasse à mi-chemin.

— Je n’ai jamais couché en dehors d’une relation sentimentale, si c’est ce que tu veux dire. Pas de coup d’un soir ni de sexe entre amis...

— Parce que cela te pose un problème moral ?

— Pas du tout. Et je sais que la plupart des femmes de mon âge ont régulièrement ce genre de relations. Seulement... Je suppose que je n’ai jamais rencontré quelqu’un qui m’ait donné envie de ça.

Elle croisa son regard avant de plonger le nez dans sa tasse et il devina ce qu’elle taisait : il était le premier à lui donner envie de cela. Cette idée mit le comble à son désir.

— Quel âge avais-tu quand tu as rencontré Mark ?

— Nous étions à l’université. Il étudiait le commerce, moi l’horticulture. On ne s’est pas rencontrés sur le campus ; en fait, on travaillait tous les deux dans une jardinerie pendant les week-ends et les vacances. J’avais vingt ans quand on a commencé à sortir ensemble. On s’est mariés quatre ans plus tard.

— Donc tu n’as pas vraiment eu le temps d’explorer les relations sans engagement, de toute façon.

— Non, sans doute pas.

Il s’approcha juste assez pour sentir la chaleur qui irradiait de son corps.

— Dans ce cas, sache que si tu décidais d'explorer cette piste, je serais le compagnon parfait.

Beau vit son souffle se bloquer et ses pupilles s'élargir, mais il ne poussa pas son avantage plus loin. Au lieu de ça, il se leva pour débarrasser leurs tasses. Il ne voulait surtout pas lui faire ressentir une quelconque pression. En revanche, il comptait bien planter dans son esprit la graine de la tentation.

— Il est temps de se remettre au travail, déclara-t-il en marchant vers la porte.

— Quoi ? C'est tout ? s'exclama-t-elle.

— Tu as une réponse à ma question ? s'enquit-il. Quand tu sauras y répondre, nous pourrons reprendre cette conversation. Pas avant.

Les mâchoires serrées, il s'obligea à s'éloigner. Il était parfaitement conscient que, si elle se jetait à son cou, il n'aurait pas la force de lui résister, regrets ou pas. Par chance, elle n'en fit rien et il rejoignit son bureau pour reprendre son souffle.

Ce qui venait de se passer l'avait profondément déstabilisé. Peut-être était-ce dû à l'honnêteté brute qui présidait à leurs rapports. Ou bien à la prise de conscience que leur relation s'était effectivement transformée en une amitié solide.

Quelle que soit la nature de ce qu'il y avait entre eux, ce ne pouvait être que temporaire. Leurs vies reprendraient bientôt des trajectoires différentes. De toute façon, même si elle lui avait fait comprendre qu'il n'avait pas envie de vivre comme un moine reclus, il n'était pas pour autant prêt à abandonner sa solitude pour qui que ce soit.

Cela dit, ils pouvaient se soutenir et s'entraider pour le temps qu'ils avaient à passer ensemble. Mark était parti depuis deux ans et Chloé était restée enfermée dans son deuil tout ce temps. Cependant, elle commençait enfin à émerger du tunnel et son corps, à défaut de son cœur, était tout à fait prêt à s'épanouir dans une relation avec un autre homme.

Pourtant... le même doute qu'il n'avait pas osé formuler revenait le hanter. Pourquoi était-ce si important pour Chloé de s'éloigner de sa famille, précisément maintenant ? Après tout, reprendre ses activités de paysagiste signifiait qu'elle recommençait à avancer dans sa vie... Alors, s'inquiétait-elle réellement de ne pas supporter un nouveau Noël en famille ou y avait-il autre chose derrière sa venue ?

Pris d'une soudaine impulsion, il s'empara de son téléphone.

— Dawncarden Court, répondit-elle à la deuxième sonnerie.

— Il y a une cérémonie pour l'illumination du sapin ce soir au village, annonça-t-il sans préambule. Ce serait l'occasion de prendre de nouvelles photos pour ta famille. Et puis, ma grand-mère m'a écrit un mail, elle s'inquiète au point de menacer de changer ses plans et de venir passer Noël ici. Je lui ai envoyé la vidéo que tu as prise pour la rassurer, mais si l'un de ses espions lui confirme que je sors et participe aux fêtes du village, ce serait encore mieux.

— Et tu m'appelles pour me dire ça, plutôt que de traverser le couloir ?

Il ne prit pas la peine de lui expliquer qu'il lui semblait plus prudent, pour l'un comme pour l'autre, de ne pas se retrouver tout de suite en face à face.

— Oui. Ça te pose un problème ?

— Sérieusement ?

La note scandalisée qui vibrait dans sa voix le fit sourire.

— Il y a une raison si Stéphanie m'appelle « seigneur et maître », non ?

— C'est clair ! s'exclama-t-elle en retenant un rire.

— Alors ? Tu veux y aller ?

— OK, dit-elle après un instant de silence. Je ne suis jamais allée à une illumination de sapin.

— Ne prépare rien pour le dîner, nous mangerons au village.

Il raccrocha rapidement, avant d'ajouter quelque chose qu'il risquait de regretter. Un instant plus tard, il entendit ses pas rapides dans le couloir.

— La politesse veut que l'on dise au revoir avant de raccrocher ! Ah, au fait, j'ai brûlé les biscuits, donc n'espère pas les goûter.

Sur ce, elle repartit comme elle était venue, le plantant là, un sourire idiot sur le visage.

7

Chloé resserra autour de ses épaules le large plaid que Beau avait emporté pour elle. Il faisait deux fois le tour de son cou et recouvrait tout son buste ; pourtant, elle était loin de ressentir la même chaleur que lorsqu'elle avait posé les mains sur son torse brûlant, ou caressé sa poitrine.

Son ventre se serra délicieusement et elle ferma les paupières dans un vain effort pour ne plus y penser. Heureusement qu'il lui avait donné le temps de réfléchir sans chercher à la séduire de ses caresses expertes. Sans cela, ils auraient fait l'amour et ça aurait été une erreur.

Une erreur ? Vraiment ?

Oui ! Elle en était sûre !

Chloé ravala un grondement de frustration. Elle se consumait de désir. Elle le voulait tellement que le besoin physique en devenait douloureux et occupait toutes ses pensées.

Bon sang ! Elle devait penser à Mark ! Il avait été son époux, l'homme qu'elle avait choisi et aimé ! Oui, au passé…, lui rappela une petite voix. Et pour la première fois, cette idée ne lui déchira pas cruellement le cœur, elle lui procura seulement un vague sentiment de tristesse.

— Il est trop fort ? s'inquiéta Beau comme elle toussotait au-dessus du gobelet de son vin chaud.

Gobelet en carton et non en plastique… Le vendeur avait déclaré qu'après avoir vu l'un des documentaires de Beau sur les dégâts du plastique, il avait aussitôt changé ses produits. En fait, tout le village semblait avoir été positivement influencé par le travail de vulgarisation de Beau et il était clair que les habitants étaient très fiers de lui.

— Tu veux que j'aille te prendre autre chose ? Un chocolat chaud ? Il est fait avec le meilleur cacao et du lait bien mousseux. Un délice...

Mmm... ça avait l'air merveilleux, réconfortant, chaud... Beau rit devant son expression et s'éloigna en direction d'un des étals pour revenir avec un gobelet fumant qui lui réchauffa instantanément les doigts. Chloé le remercia en évitant toutefois son regard. Tout autour d'eux, des guirlandes colorées et des illuminations éclairaient la nuit ; une odeur de pain d'épices et de cannelle embaumait l'air.

— Le village est vraiment magnifique.

— C'est vrai, j'avais... oublié répondit-il, l'air assombri. J'en viens à penser que j'ai passé un peu trop de temps à ne rien voir d'autre que la laideur du monde, alors qu'il recèle tellement de beautés.

Elle hocha lentement la tête.

— Tu n'es pas le seul. Autrefois, je ne voyais que la beauté. Même à travers la laideur, j'entrevoyais les trésors cachés...

— Ici, à Ballingsmallard, il n'y a pas besoin de creuser pour voir la beauté. Les maisons de pierre, les illuminations soignées... tout est charmant. Et juste à côté, le parc national d'Exmoor est à couper le souffle.

Elle avait en effet lu des informations à propos de ce parc et avait hâte de le découvrir.

— De quand date ta dernière visite là-bas ? s'enquit-elle.

Il haussa les épaules sans répondre et elle comprit qu'il n'y avait pas remis les pieds depuis l'accident.

— Regarde, on dirait que la cérémonie va commencer, dit-il en montrant trois personnes qui montaient sur une estrade devant l'immense sapin qui trônait au milieu de la place.

Chloé sirota son chocolat en écoutant les vœux de la maire ; cependant, elle restait infiniment consciente de la proximité de Beau. Il émanait de lui une chaleur et une force rassurante qui la fascinaient.

Heureusement, quand le sapin s'éclaira, le spectacle parvint à la distraire efficacement. C'était sublime ! Puis le chœur de l'église entonna *Douce Nuit* et elle sentit une émotion puissante lui serrer la gorge. Sans même y penser, elle se rapprocha de Beau et s'appuya contre lui, puisant dans sa proximité le même réconfort que dans le chocolat chaud. Elle fut heureuse qu'il ne dise rien et pose simplement les bras autour de ses épaules pour la maintenir dans la chaleur de son grand corps. Il n'y avait rien de suggestif dans cette étreinte, simplement un soutien amical. Seulement, Chloé ne pouvait ignorer qu'elle voulait davantage.

Quand le chœur enchaîna sur un chant de Noël entraînant, elle sentit son âme s'alléger.

— Vite ! s'exclama-t-elle en s'écartant de lui. Filme-moi.

Il réagit sans perdre de temps et l'enregistra en train d'expliquer à sa famille le spectacle auquel ils venaient d'assister.

— Nous allons voir ce que ce vendeur a préparé. L'odeur est déroutante, mais du moment que ce ne sont pas des escargots, je vais tester !

— Ce sont des noisettes grillées, déclara Beau.

— Mmm, délicieux. Je vous dirai ce que j'en ai pensé dans mon prochain mail.

Elle envoya un baiser à la caméra et Beau coupa l'enregistrement.

— Tu étais parfaite !

Elle leva les yeux au ciel. Elle n'avait rien fait d'autre que parler à sa famille. Contrairement à lui, elle ne serait jamais capable de parler avec naturel en sachant que des milliers de personnes la regardaient. Beau avait ce talent-là et elle persistait à regretter qu'il soit gâché et perdu pour tous.

— En tout cas, ta famille sera convaincue que tu passes un excellent moment.

En vérité, il n'avait pas été très difficile de jouer le bonheur.

Avait-elle feint, d'ailleurs ? Cette pensée la troubla, aussi suivit-elle Beau vers la roulotte du marchand.

Quelques instants plus tard, ils dégustaient de délicieuses noisettes grillées, quand il demanda :

— Je peux te poser une question personnelle ?

Elle se tendit mais parvint à esquisser un rire.

— C'est toujours personnel, on ne sait pas trop faire autrement, toi et moi.

Sa bouche parfaite s'étira en un sourire irrésistible.

— Tu n'as pas tort.

— Alors ? Ta question ? demanda-t-elle pour ne plus penser à ses lèvres tentantes.

— Je comprends pourquoi ton premier Noël sans Mark a été dévastateur, pareil pour le second qui marquait l'anniversaire de son décès...

Chloé serra les mâchoires pour se préparer à la douleur qui ne manquait jamais de la terrasser à chaque fois qu'on évoquait la mort de Mark. Pourtant, cette fois, il n'y eut pas de souffrance brutale, seulement un chagrin sourd.

Est-ce que la colère qu'elle éprouvait envers lui avait fini par prendre le pas sur le manque ? Certes, il ne l'avait pas prévenue de cette seconde hypothèque ; néanmoins, elle ne voulait pas que le ressentiment soit le dernier lien entre eux.

Chloé s'arrêta pour s'obliger à rappeler son visage à sa mémoire. Cette vision ne lui fit pas monter les larmes aux yeux... ni ressentir de colère. Était-ce une bonne ou une mauvaise chose ? Impossible à dire...

— Chloé ?

Elle tourna les yeux vers Beau, qui paraissait inquiet.

— Il ne me manque pas autant qu'avant, lâcha-t-elle dans un souffle. Je m'en veux.

— Ça me paraît parfaitement normal, répondit-il gentiment. Cela fait deux ans que tu as dû apprendre à vivre sans lui. Tu n'as eu d'autre choix que d'aller de l'avant, que tu l'aies voulu ou non. Ça ne fait certainement pas de toi une mauvaise personne.

— Nous nous étions promis que ce serait pour toujours...

Il rangea leurs sachets de noisettes dans sa poche pour prendre ses mains dans les siennes.

— Chloé, vous espériez tous les deux que ce serait pour toujours, mais ce que vous vous êtes promis, c'est « jusqu'à ce que la mort vous sépare ».

Elle aurait dû réagir violemment à ses paroles, mais ce ne fut pas le cas.

— Je sais bien qu'il n'aurait pas voulu que je reste malheureuse. Seulement, j'ai l'impression de lui avoir dit adieu quelque part en cours de route, sans même en avoir conscience. Ces adieux auraient dû être marqués par un événement marquant, ou...

Cette fois, les larmes qui lui obstruaient la gorge l'empêchèrent de continuer. Elle se retrouva soudain happée entre ses vastes bras et serrée contre son torse. Après une brève hésitation, elle s'agrippa à lui. Ainsi emprisonnée dans sa chaleur et son odeur, elle se sentait protégée de la confusion et de la panique qui menaçaient de l'envahir. Alors, comme les éléments se calment après une tempête, elle sentit les regrets et la culpabilité la quitter lentement.

Chloé revint au présent, consciente que leur étreinte avait attiré les regards. Elle s'en voulut aussitôt : l'attention était ce que Beau détestait par-dessus tout ! Elle s'écarta et lui adressa un sourire tremblant.

— Désolée.

— Tu n'as pas à t'excuser, répondit-il en cherchant son regard. Comment ça va ?

— Étonnamment... bien, dit-elle en riant pour donner le change.

En vérité, être si proche de lui avait réveillé la flamme qui sommeillait entre ses reins, cette flamme qui lui donnait envie de rentrer immédiatement au manoir pour lui arracher ses vêtements et lui faire sauvagement l'amour sans penser aux conséquences.

Comme l'idée refusait de la quitter, elle s'obligea à réfléchir à ce qu'elle ressentirait... après. Des remords ? De la culpabilité ? Non, l'évidence s'imposa à elle.

— Tu veux qu'on s'arrête au pub pour manger quelque chose d'un peu plus consistant ? suggéra-t-il.

Quand il croisa son regard, il s'immobilisa.

— J'ai faim, avoua-t-elle dans un murmure, mais pas de nourriture. Je peux te poser une question ?

— Je ne t'ai toujours pas posé la mienne..., rappela-t-il.

— C'est vrai. Vas-y.

— Non, non, je préfère entendre la tienne d'abord.

Le désir qu'elle lisait dans son regard lui donnait le vertige et une délicieuse sensation de manque au creux du ventre. Elle s'éloigna de la foule et des lumières scintillantes, afin de ne pas se donner en spectacle.

— Tu as dit que tu serais la personne parfaite si j'étais prête pour du sexe sans engagement, souffla-t-elle. Que veux-tu dire par là ? Que tu as beaucoup d'expérience ?

— J'en ai, c'est vrai, admit-il lentement, mais ce n'est pas ce que j'entendais par là. Je parlais de nos situations respectives. Ta vie n'est pas en Angleterre, contrairement à la mienne, Chloé. C'est pourquoi Dawncarden est un refuge parfait pour les deux prochains mois. Si nous devenions amants, il n'y aurait aucune attente de part et d'autre. Tu partiras à la fin de ton contrat et il y a quelque chose de... libérateur à cette idée, non ?

Elle hocha la tête sans quitter ses prunelles sombres.

— Oui, cela fait sauter beaucoup d'inhibitions, avoua-t-elle dans un frisson de volupté.

— Exactement. Tu es libre d'explorer une part de toi inconnue.

— Et toi ? Qu'est-ce que tu y gagnes ?

Il s'approcha tellement qu'elle sentit son souffle brûlant caresser sa joue.

— J'y gagne de pouvoir faire l'amour à une femme qui m'a ensorcelé depuis l'instant où elle est apparue dans ma vie. J'y gagne de me sentir de nouveau vivant, ce que je ne croyais plus possible. J'y gagne... de ne plus me cacher.

Chloé ne respirait qu'à peine.

— Peut-on rentrer à Dawncarden maintenant ?

Il lui prit la main et les entraîna à pas rapides vers la voiture.

Ils étaient à peine dans la cuisine qu'elle prit son visage dans ses mains pour l'embrasser sans retenue. Il répondit à son désir avec une ferveur égale, les doigts glissés dans ses cheveux. Un besoin viscéral et sauvage explosa en elle, la faisant gémir de volupté.

Beau lança un regard vers la table de la cuisine.

— J'ai rêvé de t'étendre sur cette table pour te faire crier, mais ce soir au moins, je veux prétendre être un gentleman, plutôt qu'un homme des cavernes...

— Je ne veux pas d'un gentleman, le coupa-t-elle en se débarrassant de ses bottes et de son manteau. Je te veux, toi.

Son pull suivit le même chemin, puis son haut. Elle avait les mains sur la ceinture de son jean quand il s'approcha enfin et posa ses mains sur les siennes. Ce simple contact suffit à affaiblir ses genoux et à lui couper le souffle.

— Tu en es sûre ?

— Certaine. Je te veux, Beau. Maintenant.

Alors, il n'hésita plus et reprit sa bouche avec passion. Chloé s'agrippa à son cou, tandis qu'il lui retirait son jean et ses sous-vêtements. Elle parvint seulement à le débarrasser de son pull, avant qu'il pose les paumes sur son corps nu, la faisant vibrer de désir. Il la souleva dans ses bras pour la poser avec douceur sur la table.

Sans doute aurait-elle dû se sentir vaguement embarrassée d'être ainsi exposée, nue, alors qu'il était encore vêtu, mais la faim et l'admiration qu'elle lisait dans son regard lui suffisaient. Elle voulait qu'il ressente la même chose sous son regard à elle, qu'il se sente viril, désirable, irrésistible, en dépit de ses cicatrices, auxquelles il accordait bien trop d'importance.

— Tu es si belle..., murmura-t-il en la contemplant avec fièvre. Tu ne peux pas savoir le nombre d'idées qui me sont venues à propos de cette table et de toi, nue...

— Il est temps de les mettre en action, répondit-elle d'une voix essoufflée qu'elle reconnut à peine.

— J'en ai bien l'intention, ma douce, dit-il en l'attirant

fermement vers lui, jusqu'à ce qu'elle sente son membre dur à travers son jean, pressé contre sa féminité brûlante.

Quand il appuya plus fort, des étoiles explosèrent sous ses paupières closes. Elle était à deux doigts de la jouissance.

— Déshabille-toi, le pria-t-elle d'un ton rauque.

Plutôt que d'obéir, il se pencha au-dessus d'elle pour prendre la pointe de son sein dans sa bouche. Elle s'arqua en gémissant, mais il la maintenait fermement des mains au niveau des épaules et cette contrainte ajoutait encore à l'érotisme de ses caresses.

Beau prit le temps d'explorer des lèvres et de la langue chaque centimètre carré de sa peau, en dépit de ses suppliques et gémissements. Il ne voulait pas presser les choses, il voulait que ce soit pour elle le début d'une nouvelle période, marquée par le plaisir et l'extase. Sans l'ombre d'un regret.

Et c'est ce qui lui permit de contrôler son désir pour se concentrer entièrement sur elle. Lentement, il descendit le long de sa taille, jusqu'à parvenir entre ses cuisses crispées. Alors, tandis qu'il maintenait fermement ses hanches, il embrassa son sexe en veillant à ne jamais la laisser aller trop loin, au-delà du point de non-retour. Il la maintint ainsi sur les cimes du plaisir, savourant ses cris de volupté et de frustration. Enfin, elle bascula dans l'extase et Beau sentit son cœur se gonfler d'une émotion nouvelle et merveilleuse.

Tandis qu'elle reprenait doucement ses esprits, il posa la joue contre son ventre et ne bougea plus jusqu'à ce qu'il sente ses doigts glisser dans ses cheveux.

Quand il releva le visage vers elle, Beau découvrit avec horreur les larmes qui coulaient sur ses joues.

— Oh ! ma belle... tu ne devais pas pleurer...

Avant qu'il ait pu la prendre dans ses bras pour apaiser sa peine, elle se redressa et prit son visage dans ses mains.

— Non, ce sont des larmes de bonheur, Beau. Merci...

Elle l'embrassa avec tant de ferveur et d'impatience qu'il

sentit aussitôt son cœur s'alléger. Bon sang ! Avec elle, il avait l'impression d'être un super-héros.

— Quand tu voudras, répondit-il avec un sourire.

Elle posa son front contre le sien, les yeux pleins de promesses.

— Maintenant que tu as réalisé ton fantasme, est-ce qu'on peut passer au mien ?

Son membre durcit un peu plus, si c'était possible.

— Et quel est ce fantasme ?

— Te déshabiller puis te chevaucher sur cette chaise, annonça-t-elle en se mordillant sensuellement la lèvre.

Il ne put retenir un grondement approbateur.

— J'ai des préservatifs dans ma table de nuit, déclara-t-il.

— Alors, mon fantasme vient de changer, je compte te chevaucher sur ton lit.

Son souffle s'était fait haletant, alors il la souleva dans ses bras pour traverser rapidement le grand hall et monter les marches. Parvenus dans sa chambre, ils se débarrassèrent de ses vêtements avec une urgence presque brutale, puis elle le repoussa sur le matelas avec autorité.

— Je ne veux plus attendre, murmura-t-elle.

Il avait la gorge trop serrée par le désir pour parler ; aussi hocha-t-il simplement la tête tandis qu'elle déroulait le préservatif sur son érection presque douloureuse. Chaque contact de ses doigts provoquait une décharge électrique sur ses nerfs tendus.

Enfin, elle se dressa au-dessus de lui et le prit en elle avec une impatience qui faillit avoir raison de son self-control. La sensation de ses muscles intimes qui l'enserraient était tout simplement divine et il ferma les yeux avec un grondement de plaisir.

Elle s'immobilisa et il rouvrit les paupières pour plonger dans son regard. Il prit ses mains pour les porter à ses lèvres en usant de toute sa volonté pour ne pas bouger en elle comme il en rêvait.

— Tout va bien ? Si tu préfères arrêter…

— Je ne veux pas arrêter, murmura-t-elle, le souffle court. C'est juste… parfait.

Elle bougea lentement le long de son sexe, l'obligeant à crisper les doigts sur les draps.

— C'est toi qui es parfaite.

Comme il prononçait ces mots, il mesura combien ils étaient vrais. Quand s'était-il senti aussi puissamment connecté avec quelqu'un d'autre ? Probablement jamais… Cette idée le troubla, mais Chloé se souleva de nouveau, accélérant la cadence, alors il ne chercha plus à résister. Le plaisir prit le dessus et il s'y abandonna entièrement. Lorsque ses muscles intimes se contractèrent autour de son membre, il la suivit dans l'extase sans plus lutter. La vague de jouissance le balaya tout entier, le laissant comme purifié, entier et heureux.

Le souffle court, il la serra contre lui et ils restèrent un long moment dans les bras l'un de l'autre, les yeux clos, savourant la chaleur de leurs corps comblés.

Cette nuit-là, ils refirent l'amour plus tard. Et une autre fois au petit matin, quand ils prirent leur douche ensemble. Puis ils s'étendirent de nouveau sur le lit. Tandis que Chloé caressait son torse de ses doigts légers, Beau ne put s'empêcher de souhaiter que ce moment dure éternellement.

— Alors…, dit-elle en posant le menton sur son torse pour le regarder. Quelle était cette fameuse question personnelle que tu voulais me poser hier soir ?

— Ah… je me demandais simplement ce qui t'avait décidée à t'éloigner de ta famille pour ce Noël alors que tu ne l'as pas fait les deux précédents.

Elle pinça les lèvres et il s'en voulut aussitôt de sa curiosité. Il n'aurait pas dû gâcher l'instant ! Elle reposa la joue sur son torse, si bien qu'il ne voyait plus son visage.

— Nous ne sommes pas obligés d'en parler, Chloé.

— Non, non, ça va. J'ai l'impression de pouvoir tout te dire… Je sais que tu ne trahiras pas ma parole.

Cet aveu de confiance lui coupa le souffle et il eut du mal à répondre :

— Je sais ce que c'est de se sentir exposé. Je ne trahirai jamais tes secrets.

— Pareil pour moi, murmura-t-elle avant de prendre une profonde inspiration. Je t'ai dit à quel point j'étais dévastée après la mort de Mark. Je ne m'intéressais plus à rien. J'ai continué à faire mécaniquement mes tâches au travail, alors que mon cerveau était constamment embrumé.

Beau resserra instinctivement son bras autour d'elle. Il aurait tant voulu qu'une telle souffrance lui soit épargnée.

— Plus tôt cette année, j'ai commencé à émerger un peu de ce brouillard, poursuivit-elle. Ça a soulagé tout le monde.

— Tu t'es tournée vers l'avenir et tu ne devrais pas t'en vouloir pour ça, Chloé.

Elle hocha la tête d'un air absent. Elle se redressa et ils s'adossèrent ensemble contre les coussins.

— En tout cas, ça a permis aux parents de Mark de me révéler à quel point nos affaires allaient mal. Ils avaient voulu me protéger, mais ils ne pouvaient plus continuer à me cacher la vérité : sans me prévenir, Mark avait pris une seconde hypothèque sur notre maison pour garder notre entreprise à flot. La banque menaçait de reprendre la maison. Quand je l'ai appris, j'ai été tellement furieuse, souffla-t-elle. Après Mark, pour ne pas en avoir parlé avec moi d'abord ; après mes beaux-parents, pour m'avoir caché la situation ; et surtout après moi, qui avais perdu tellement de temps à me lamenter, au lieu d'agir pour stabiliser les choses.

— Je suis désolé, murmura-t-il, la gorge serrée.

Il n'avait pas imaginé que sa situation était à ce point désespérée. Il était tenté de lui proposer une avance sur salaire, mais son instinct lui souffla que ce ne serait pas une bonne idée.

— Merci... Quoi qu'il en soit, j'avais déjà suffisamment inquiété ma famille. Je ne voulais pas leur ajouter un fardeau, mais je savais qu'après cette révélation, je n'arriverais pas à traverser Noël en étant suffisamment convaincante... Tu as vu ma mère, tu sais qu'elle est comme un chien avec un os quand elle sent que ça ne va pas. Or, je veux pouvoir régler mes problèmes seule, je refuse qu'ils s'endettent pour moi.

Son cœur le brûla. Elle avait dû traverser tout cela seule ? Il n'était pas sûr d'être d'accord avec sa façon de gérer la situation, mais il ne pouvait nier que ses intentions étaient bonnes. Elle aimait sa famille et voulait la protéger, de même que la mémoire de Mark.

— Et est-ce que c'est le cas ? demanda-t-il.

— Quoi donc ?

— Est-ce que tu arrives à régler tes problèmes ?

Elle se mordilla la lèvre.

— Ta commission va me donner un peu de répit.

Bien... Seulement, elle aurait sans doute besoin d'un autre contrat aussi important pour retomber sur ses pieds et...

— C'est pour ça que tu m'as demandé si tu pouvais prendre des photos du jardin pour ton portfolio ! comprit-il.

— Ce jardin est ton petit coin de paradis, dit-elle sans vraiment répondre. Je comprends tout à fait que tu ne veuilles pas le partager.

Pourtant, il se sentait horriblement égoïste... Il ne cessait de se repasser tout ce qu'elle lui avait dit depuis le début, à la lumière de ce qu'il venait d'apprendre. Soudain, il se redressa.

— Nous allons prendre un bon petit déjeuner, annonça-t-il. Et ensuite... est-ce qu'une recommandation de ma part aiderait ?

Son beau visage s'éclaira tandis qu'elle passait une robe de chambre autour d'elle.

— Tout à fait !

— Alors, considère que c'est fait !

— Oh ! Beau, merci infiniment.

Il écarta ses remerciements d'un geste de la main.

— Retrouve-moi à la cuisine dans cinq minutes.

Beau se mit à cuisiner, parce qu'il avait envie de prendre soin d'elle. La nuit qu'ils venaient de vivre avait été tellement unique... Il voulait la remercier pour ces moments incroyables.

Une fois leur faim apaisée, il s'adossa contre sa chaise.

— Dis-moi, qu'est-ce qui pourrait arriver de pire si tu ne parviens pas à rembourser cette hypothèque ?

— Eh bien, je perdrais la maison que Mark et moi avons fait construire, où nous projetions de fonder une famille...

Elle était peut-être allée de l'avant, mais il était clair qu'elle n'avait pas dit adieu à son mari. Pas entièrement.

— Tu veux continuer à y vivre, même sans lui ?

Elle fronça les sourcils.

— Pourquoi pas ? Ce n'est pas comme si je comptais recommencer une nouvelle relation.

Beau sentit son corps tout entier se figer.

— Pourquoi ça ?

— Parce que je refuse de courir de nouveau le risque de perdre quelqu'un que j'aime. C'est trop douloureux. Je refuse de revivre ce que j'ai traversé ces deux dernières années.

Il comprenait ce sentiment. Cependant, elle avait tant à donner, elle méritait quelqu'un qui la chérisse tendrement.

— Et puis, reprit-elle, la maison est toute proche de notre jardinerie. Dès que j'aurai remboursé mes dettes, je mettrai toute mon énergie dedans.

Beau sentit son cœur se serrer.

— C'est vraiment ce que tu veux ? Travailler dans une jardinerie et aménager des jardins de particuliers ne me semble pas être à la hauteur de ton talent.

Sans compter que travailler avec la famille de Mark ne risquait pas de l'aider à avancer dans sa vie amoureuse... Surtout, elle avait trop de talent pour ne pas le consacrer à de plus vastes projets, comme des réaménagements de parcs et de grands domaines.

— Réfléchis-y, la pria-t-il. Tu as été contrainte de chercher des projets d'envergure, comme celui qui t'a conduite ici, mais tu ne peux pas nier ton enthousiasme... J'ai vu la façon dont ton visage s'éclaire quand tu travailles au jardin. Ta vision est ambitieuse. Est-ce que travailler à la jardinerie t'apportait le même degré de satisfaction ?

Elle le fixa de ses grands yeux perdus, visiblement incapable de trouver quoi répondre.

— Tu pourrais revendre ton affaire et recommencer à zéro. Tu devrais designer des jardins d'exception, Chloé ! Pas expliquer à des jardiniers du dimanche comment couper leur azalée !

Elle se troubla et balbutia :

— Mark et moi...

— Mark n'est plus là, dit-il doucement. Pourquoi te sens-tu obligée de poursuivre la vie que vous aviez planifiée ensemble, sans lui ?

— Tu voudrais que j'imagine une toute nouvelle existence ?

— Pourquoi pas ? Après tout, ta vie a été chamboulée par son décès. Pourquoi ne pas décider de suivre ce qui te passionne vraiment, à présent qu'il n'est plus là ?

8

Ses paroles recelaient une tentation qui lui donnait l'impression de trahir profondément Mark. Étrangement, faire l'amour avec Beau ne lui apparaissait pas comme une trahison. Ça, en revanche...

— Tu es bien placé pour parler de suivre sa passion, répliqua-t-elle sur la défensive. Regarde-toi, à vivre en reclus dans ton manoir ! C'est une sacrée perte de temps, si tu veux mon avis.

— Je ne te l'ai pas demandé, rétorqua-t-il, les lèvres serrées.

— Oh ! je vois ! s'écria-t-elle en plaquant une main sur son front comme sous l'effet d'une révélation. Je dois suivre ma passion, pendant que toi, tu as le droit de te détourner de tout ce qui peut te rappeler ta vie d'avant.

Il bondit, les yeux brillants de rage.

— Justement ! J'essaie de me construire une nouvelle vie !

— C'est faux ! Tu essaies seulement de te cacher en prétendant être indifférent à ce que tu as perdu ! Le jardin n'est qu'un pansement sur cette plaie. Tout ça parce que tu as peur que les gens ne fixent ton visage ! Remets-t'en !

Il méritait tellement plus. Comment pouvait-il ne pas le voir ?

— Facile à dire, pour toi ! explosa-t-il.

— Et je le dis ! Je préférerais avoir à gérer quelques cicatrices que la mort de mon mari !

Ses mots résonnèrent entre les murs soudain silencieux de la cuisine. Elle prit une profonde respiration pour tenter de se calmer. Avait-elle été injuste de lui jeter cela à la figure ?

— Tu aimes faire des documentaires, reprit-elle avec calme. Tu as repris vie quand tu as parlé devant la caméra. C'était magique et le monde a besoin de gens comme toi, Beau. De visionnaires capables de montrer aux autres comment de petits changements dans notre vie peuvent avoir un impact majeur sur la survie des forêts et des océans. Tu as le pouvoir de nous convaincre de faire des sacrifices. Ce serait une tragédie que tu ne reprennes pas ton rôle.

Sa colère semblait être retombée et il la regardait comme s'il ne savait pas quoi répondre.

— J'ai été viré, lâcha-t-il.

— Je ne dis pas que tu dois continuer exactement comme avant. Peut-être que tu dois chercher une nouvelle manière de toucher les gens, à plus petite échelle. Commence une chaîne YouTube, rejoins une petite chaîne de télé. Ou bien pense plus grand... Tu as beaucoup d'argent, non ? Achète une chaîne, comme ça, personne ne pourra te virer.

Il serra les poings, l'expression fermée.

— Bon sang, Chloé ! Tu ne sais pas comment ce monde fonctionne, tu ne...

— Mais toi, oui !

Il se figea et cligna des paupières. Avait-elle enfin touché un point sensible ? Impossible à dire.

En revanche, elle savait que l'énergie qui la traversait n'avait rien à voir avec la colère et tout avec le désir. Elle ne pouvait s'empêcher de poser les yeux sur les lignes puissantes de ses muscles, et les images de la nuit revenaient sans cesse à son esprit. Devinait-il le cours qu'avaient pris ses pensées ? En tout cas, ses épaules se détendirent.

— De toute évidence, être devenus amants ne nous a pas rendus plus polis... ou moins francs.

— Je ne vois pas pourquoi ça aurait changé. Tu ne t'es pas gêné pour me dire que tu me trouvais idiote, je ne vois pas pourquoi je me retiendrais.

— Je n'ai jamais dit que tu étais idiote !

Elle leva les yeux au ciel et lui lança un regard noir.

— C'est ce que tu voulais dire. Ce n'est pas pour autant que je n'ai plus confiance en toi, ou que je ne t'apprécie plus.

— Pareil pour moi...

Chloé crut deviner un sourire au fond de ses yeux et elle sentit la chaleur s'intensifier au creux de ses reins.

— J'ai trop envie de toi pour réfléchir à tout ça, lâcha-t-elle soudain.

— Chloé, gronda-t-il. Tu es la tentation personnifiée.

Elle posa le regard sur l'une des chaises de cuisine et leva un sourcil interrogateur. Quand il hocha la tête, elle le poussa sur la chaise et s'assit à califourchon sur lui. Leurs bouches se trouvèrent avec impatience et bientôt elle fut bien trop occupée par le plaisir qui montait en elle pour penser à quoi que ce soit d'autre.

Plus tard cet après-midi-là, tandis qu'ils étaient étendus nus sur le tapis du grand hall, réchauffés par les flammes du feu de cheminée, Chloé réalisa qu'elle ne se souvenait pas de la dernière fois où elle s'était sentie aussi apaisée et comblée. C'est sans doute pour cela que, appuyée contre lui, elle s'autorisa à réfléchir à ce qu'il lui avait dit le matin.

— Tu penses vraiment que je devrais me lancer comme paysagiste indépendante ?

Ses doigts qui traçaient des motifs compliqués sur son dos s'immobilisèrent.

— J'en suis convaincu. Tu es incroyablement talentueuse. Quand j'ai regardé tes premières esquisses pour le jardin, j'ai été époustouflé. Tu avais réussi à intégrer tous les éléments qui étaient pour moi non négociables, et tu les avais agencés d'une façon que je n'avais pas envisagée, en y ajoutant en prime des choses nouvelles. C'était tellement plus abouti que ce que j'avais imaginé...

Elle leva la tête pour le regarder.

— C'est un magnifique compliment.

— C'est la vérité. C'est pour ça que tu as obtenu ce contrat, alors que tu n'avais pas le même niveau d'expérience que la concurrence. Ta vision est unique, Chloé. C'est un don. Quand les gens le sauront, ils s'arracheront tes talents.

Elle remonta sur eux la couverture et se blottit contre son torse, touchée et troublée à la fois par ces mots. Elle inspira son parfum, se ressourçant dans sa chaleur et sa vitalité. Il avait eu raison : le sexe sans engagement pouvait être un divertissement merveilleux.

— Parle-moi de la jardinerie. Comment Mark et toi avez décidé de monter cette affaire avec sa famille ?

— Ses parents possédaient une petite quincaillerie à Sydney. Quand le local juste à côté a été mis en vente, nous finissions nos études et ça s'est imposé comme une évidence, un signe que nous devions réunir nos forces dans un unique projet. Je devais m'occuper de la jardinerie, Mark de l'aspect commercial, tandis que ses parents donneraient un nouvel essor à la quincaillerie.

Il bougea un peu et la serra plus fort contre lui. S'il continuait, la conversation allait tourner court...

— Mais tu avais obtenu un prix prestigieux, tu n'aurais eu aucun mal à trouver un poste dans une grande entreprise de paysagiste. Ça ne t'ennuyait pas de ne pas suivre ton propre chemin ?

— J'ai gagné ce prix à l'université. L'un de mes professeurs m'avait inscrite sans me prévenir. Bien sûr, j'ai été ravie de gagner, mais je n'avais aucun plan de carrière à ce moment-là. Pouvoir travailler ensemble... c'était l'idéal pour nous.

— Je vois.

Elle perçut la retenue dans sa voix et se redressa.

— Quoi ?

Il se leva en la soulevant dans ses bras pour la déposer sur le canapé. Puis il s'installa face à elle, leurs jambes entremêlées.

— Tiens-toi bien, dit-il avec un rire bas comme la couverture glissait sur ses seins.

Elle rit à son tour.

— Avant que nous soyons de nouveau déconcentrés, il faut que tu comprennes que mon point de vue n'a rien à voir avec tes choix, et tout avec les miens. En tant que grand égoïste, je suis très content de n'avoir rencontré personne pendant mes études, parce que ça m'a laissé libre de choisir ma voie.

Il s'était mis à masser son pied et elle ferma les yeux.

— Ce n'est pas égoïste, simplement, tu étais ambitieux et déterminé. Tu as toujours su ce que tu voulais faire ?

— Étudier la nature ? Oui. Et puis j'ai pris l'option documentaire, et dès l'instant où j'ai parlé devant une caméra... Tu as vu juste : c'était comme si quelque chose avait pris vie en moi. Bref, conclut-il, je suis juste content de ne pas avoir été détourné du chemin que je me suis tracé.

Elle était tombée amoureuse d'une personne, lui de sa carrière. Que se serait-il passé si elle n'avait pas rencontré Mark ? Peut-être qu'elle se serait fait un nom dans son milieu professionnel, tout comme Beau. Cette idée la troublait. Elle avait toujours pensé que le destin avait mis Mark sur son chemin, mais après tout, il n'y avait peut-être pas un chemin unique pour accéder au bonheur.

Elle se laissa aller à imaginer ce qui se passerait si elle perdait la maison. Voyagerait-elle à travers le monde au gré de ses projets pour rencontrer des artistes qu'elle admirait ? Une énergie toute nouvelle circulait en elle.

— Tu as aimé travailler à la jardinerie ? s'enquit-il.

— Les premiers temps, c'était motivant et nous avons monté une super équipe. J'étais fière de ce qu'on accomplissait. Bien sûr, tout a changé quand Mark est mort.

Aurait-elle fini par s'ennuyer à la jardinerie si ce drame ne s'était pas produit ? Aurait-elle désiré les rêves plus grands que Beau imaginait pour elle ?

— Si je vendais la maison, je serais en mesure de rembourser la banque, souffla-t-elle. Je pourrais aussi payer ma dette envers la famille de Mark pour qui j'ai été un fardeau ces deux dernières années.

— Je doute que ce soit comme ça qu'ils te voient.

— Non, ce sont des gens adorables, mais ça n'en reste pas moins vrai. Tu as sans doute raison : peut-être que je ferais bien de revoir mes priorités et de réfléchir à de nouveaux rêves pour avancer.

Ses doigts s'immobilisèrent sur son pied.

— Tu le penses vraiment ?

— Je ne sais pas...

En fait, cette idée la terrifiait, mais sous l'angoisse, elle sentait poindre une excitation positive. Le moins qu'elle puisse faire, c'était d'y réfléchir.

— Faisons un deal ! proposa-t-elle. Je m'engage à me pencher sérieusement sur tout ce que tu m'as dit ce matin, si tu promets de faire pareil.

Comme il se raidissait, elle ajouta :

— Je te demande seulement de ne pas refuser en bloc mes idées sans les avoir d'abord soupesées...

Ses doigts se crispèrent sur sa cheville.

— Si je promets seulement d'y réfléchir, toi aussi ?

— Voilà. Mais c'est une vraie promesse. Je m'attends à ce que tu la tiennes.

— Si je te fais une promesse, Chloé, je la tiendrai. Si j'accepte, tu me montreras tes seins ?

Elle retint un rire et acquiesça solennellement.

— Dans ce cas, marché conclu.

Chloé laissa immédiatement la couverture glisser sur sa poitrine et lorsque leurs rires se joignirent, elle se sentit plus forte que jamais.

Beau n'avait accepté de lui faire cette satanée promesse que parce qu'il était certain qu'elle serait plus heureuse en donnant à sa vie une nouvelle direction – une qu'elle se serait choisie. Elle ne devait pas poursuivre un vieux rêve qui, sans Mark, n'avait plus de sens.

Et puis, ça ne devait pas être bien compliqué de simplement réfléchir à ses suggestions. Il roula ses épaules pour les décrisper. Étant donné qu'il avait passé les quatorze derniers mois à tout faire pour ne pas y penser, ça risquait quand même d'être éprouvant, mais peut-être était-ce nécessaire.

— Je veux te demander autre chose...

Le ton de sa voix le mit aussitôt sur ses gardes. Cependant, elle se pencha vers lui et la contemplation de ses seins magnifiques figea toute pensée rationnelle dans son esprit.

— Tu étudies la nature et le parc national d'Exmoor est à deux pas. Tu devrais en profiter pour y passer du temps, non ?

Même si son premier instinct était de rejeter cette idée, force était de reconnaître qu'il luttait contre la tentation d'y aller depuis qu'elle en avait parlé quelques jours plus tôt. Seulement, il croiserait forcément d'autres visiteurs ou chercheurs. Et si la presse entendait parler de sa venue ? Il ne pourrait pas supporter un nouveau round de tout ce cirque médiatique.

Elle se pencha un peu plus et il dut fournir un effort pour ne pas quitter son visage du regard.

— Avant mon retour en Australie, j'aimerais que tu m'y accompagnes pour me montrer quelque chose d'étonnant.

Il fronça les sourcils, mais ça ne devait pas être très impressionnant, car elle s'adossa au canapé, pas le moins du monde intimidée.

— Et qu'est-ce que j'obtiens en retour ?

— Tu pourras montrer à ta grand-mère une autre vidéo et avoir ainsi la satisfaction de savoir que tu as apaisé ses inquiétudes.

Cet argument fit mouche. Depuis sa rencontre avec Chloé, il avait réfléchi à l'inquiétude de sa grand-mère et il avait compris que la raison première pour laquelle elle avait engagé Stéphanie et George, c'était par crainte qu'il ne sombre comme son père dans un désespoir extrême qui l'entraînerait dans l'addiction. Il aurait dû être plus attentif à ses appréhensions.

— Et je cuisinerai une dinde traditionnelle pour le repas de Noël, ajouta Chloé pour faire bonne mesure.

— Vraiment ? Tu ferais ça pour moi, même si tu te moques des festivités de fin d'année ?

— Absolument.

Les yeux dans les yeux, ils conclurent leur accord d'une poignée de main.

— Et si nous appelions ta famille le matin de Noël pour leur montrer la décoration et les informer de nos plans de la journée ?

— Tu es sûr que ça ne t'ennuiera pas d'apparaître à l'écran avec moi ? demanda-t-elle, hésitante.

— Je te l'ai dit, j'ai apprécié ta maman, ça me fera plaisir de parler avec elle.

En vérité, il était également curieux de connaître le reste de sa famille. Elle les mentionnait régulièrement et il avait hâte de mettre des visages sur leurs noms.

— Il y a un piège, tout de même, rappela-t-il avec un sourire. Nous allons devoir nous offrir des cadeaux.

Le sourire qui illumina son visage lui réchauffa délicieusement le ventre. Si seulement Mme Jennings avait pu voir sa fille en cet instant, elle aurait compris que l'esprit de Noël touchait de nouveau Chloé. Et l'idée qu'il avait joué un rôle là-dedans le rendait infiniment fier et heureux.

— Il va falloir qu'on aille faire le marché de Noël du village pour trouver des babioles ! s'exclama-t-elle.

Beau enfonça son bonnet sur la tête et remonta son écharpe sur son visage. Même si le marché de Noël de Ballingsmallard n'était pas grand, il était pittoresque et attirait de ce fait pas mal de monde.

— Nos cadeaux doivent rester des surprises, prévint Chloé. Retrouvons-nous ici dans une heure !

Bon sang ! Il aurait été prêt à tout pour qu'elle garde ce sourire lumineux sur son visage. Par le passé, il avait toujours considéré les achats de Noël comme une corvée. Cette fois, réfléchir sérieusement aux petits cadeaux à glisser dans la chaussette de la cheminée – ce qui la ferait rire ou s'émouvoir – était une occupation bien plus amusante ! Sur sa lancée, il dénicha également une écharpe en soie que sa grand-mère adorerait. Il l'enverrait en courrier exprès à Florence pour qu'elle lui parvienne à temps pour Noël.

Beau fut tellement efficace qu'il arriva à leur lieu de rendez-vous en avance. Il leva les yeux vers le ciel scintillant d'étoiles : pas de risque de neige en dépit du froid. Soudain, une idée le traversa. Chloé voulait voir quelque chose d'étonnant et il savait exactement quoi lui montrer !

Quelques minutes plus tard, elle arriva, les joues rouges et un sourire éclatant aux lèvres.

— J'adore les marchés de Noël !

— Les vendeurs doivent t'adorer, eux aussi, s'amusa-t-il en désignant tous ses paquets. Est-ce que tu as au moins laissé quelque chose pour les autres ?

— Il fallait bien que je prenne un petit quelque chose pour tout le monde et... bon, j'avoue, la tentation est irrésistible. J'avais oublié combien j'aimais acheter des cadeaux.

— Qu'est-ce que tu as trouvé, alors ? demanda-t-il en écartant un sachet.

— Pas de ça, petit curieux ! dit-elle en écartant le paquet.

— On va dîner au pub ?

Plus tard ce soir-là, tandis qu'il la tenait dans ses bras en sombrant dans le sommeil, Beau songea que la journée n'aurait pu être plus parfaite.

Soudain, sa peau se hérissa et ses yeux s'ouvrirent d'un seul coup. Il avait déjà ressenti cela... cette impression d'être au sommet. Ça ne durait pas. Tout cela n'était que temporaire. Allons, il savait à quoi s'en tenir, il pouvait simplement profiter du moment présent sans s'inquiéter de l'avenir.

Il s'obligea à se détendre. C'étaient simplement les endorphines du sexe qui lui faisaient ressentir ces émotions puissantes. Cela ne signifiait rien du tout...

— Couvre-toi bien, dit-il en lui tendant l'un de ses pulls les plus chauds. Mets-le par-dessus ton pull et enfile deux paires de chaussettes. Tu auras aussi besoin de gants et d'un bonnet.

Chloé se pencha vers la fenêtre, l'air perplexe.

— Mais la nuit va bientôt tomber. Et ça fait deux soirs de suite qu'on sort... Attention, se moqua-t-elle, tu es en train de te transformer en animal sociable !

Il éclata de rire. Elle reviendrait bien vite sur cette accusation ! Soudain, leurs regards s'accrochèrent et l'air s'échappa de ses poumons. Le regard intense qu'elle posait sur lui, comme si le voir rire l'avait profondément troublée, lui coupa le souffle.

Avec effort, il revint à son projet d'excursion. Il avait promis de lui montrer quelque chose d'incroyable et il était impatient de découvrir sa réaction.

— Allez, allez, on se dépêche, lança-t-il pour les tirer de l'étrange enchantement.

Ils coururent jusqu'à la voiture. Mais quand il prit la direction opposée au village, elle se mit à l'assaillir de questions.

— Tu comprendras bientôt, l'arrêta-t-il en posant un doigt sur ses lèvres.

En effet, ils furent bientôt à destination.

— Nous y voilà ! annonça-t-il.

— Où ça ?

— À Exmoor ! Tu as dit que tu voulais voir quelque chose d'étonnant, alors suis-moi. Nous avons un peu plus d'un kilomètre à faire, à l'aller et au retour.

Il prit sa main et la guida le long du sentier.

— Il fera complètement nuit le temps qu'on arrive !

— Le chemin est bien entretenu et j'ai apporté une lampe.

— Mais qu'est-ce qu'on va voir dans le noir ? demanda-t-elle, la voix rendue aiguë par l'excitation.

— Tu me fais confiance ? demanda-t-il avec un sourire.

Elle s'arrêta, soudain sérieuse.

— Entièrement.

Ce simple mot le fit se sentir invincible. Il dut s'éclaircir la gorge avant de reprendre :

— Alors patiente et profite de la balade.

Avec un hochement de tête, elle lui emboîta le pas. Ils marchèrent ainsi côte à côte dans la lumière du crépuscule et Beau se sentit envahi par un sentiment de paix complètement nouveau. Il eut la conviction qu'une partie de son âme abîmée guérissait et qu'il le devait à la femme qui l'accompagnait, bien plus qu'au paysage idyllique.

Quand ils parvinrent à l'endroit qu'il visait, il sortit une couverture de son sac à dos et l'étendit sur le sol avant d'en étendre une seconde sur elle dès qu'elle fut installée. Puis il leur servit une tasse de chocolat préparé dans une thermos et y déposa trois marshmallows.

— Je vois que tu es venu équipé, s'amusa-t-elle.

— Attends le plat de résistance..., déclara-t-il en sortant d'épaisses tranches de cake.

— Si mes mains n'étaient pas pleines, j'applaudirais !

Il prit une photo d'elle pour l'envoyer à sa famille, puis savoura l'instant auprès d'elle, grisé par le contact de leurs épaules et de leurs genoux. Lentement, l'obscurité descendait autour d'eux.

— Alors, murmura-t-elle, qu'est-ce qu'on attend exactement ? Des blaireaux ? Des cerfs ? Des chouettes ? D'autres chauves-souris ?

Son visage exprimait son enthousiasme et il brûlait de l'embrasser.

— Lève les yeux, suggéra-t-il.

Elle obtempéra et il sentit le long frisson qui la parcourut.

— C'est merveilleux, souffla-t-elle.

— En 2011, Exmoor a été désigné « réserve de ciel étoilé ». C'est l'un des lieux les mieux préservés de la pollution lumineuse en Angleterre, et donc l'un des meilleurs pour l'observation des étoiles.

Fascinée, elle se leva sans quitter du regard l'explosion d'étoiles qui s'étalait sur le noir d'encre de la voûte céleste. La Voie lactée déployait son arc au-dessus d'eux et Beau fut plus conscient que jamais de l'immensité de l'univers.

— Je n'ai jamais rien vu d'aussi spectaculaire de ma vie.

Le son de sa voix émue le toucha profondément. Il ne savait pas pourquoi, mais contempler toute cette beauté à ses côtés lui donnait de l'espoir.

Après un long moment, elle tourna les yeux vers lui.

— Je n'y connais rien en astronomie.

Il reprit place sur la couverture et l'invita à s'installer confortablement entre ses jambes. Il lui montra Vénus et Mars et traça du doigt la constellation de la Grande Ourse et de Cassiopée.

— Et cette étoile-là, à quelle distance se trouve-t-elle ?

Les années-lumière n'avaient pas grand sens à l'échelle humaine, aussi expliqua-t-il :

— Si tu prenais la fusée la plus rapide, il te faudrait approximativement soixante-dix mille ans pour l'atteindre.

— Impossible..., souffla-t-elle en se blottissant contre lui.

Il rit tout bas et déposa un baiser sur ses cheveux. Ils n'avaient pas envie de quitter la magie de l'endroit, seulement Beau était conscient qu'ils ne pouvaient s'attarder trop longtemps dans la nuit glacée. Comme si elle avait suivi le cours de ses pensées, elle se retourna dans ses bras et le gratifia d'un baiser délicieux.

— Merci de m'avoir amenée ici. Je n'oublierai jamais.

Il haussa les épaules pour prétendre que ses remerciements ne le touchaient pas tant que ça.

— On pourra aussi revenir en journée ? J'aimerais voir une très vieille forêt, avoua-t-elle.

— Rien de plus facile.

La semaine suivante passa en un éclair, dans une routine pleine d'énergie entre travail au jardin, longues conversations au coin du feu et interludes amoureux.

Chloé s'occupait de la cuisine – ses biscuits ne s'amélioraient pas franchement – tandis qu'il poursuivait ses recherches sur les pipistrelles. Alors qu'il était justement occupé à lire un article récent sur le sujet, son téléphone vibra. Sans doute sa grand-mère qui le remerciait pour son cadeau...

Quand il alluma l'écran, Beau se figea, saisi d'un mauvais

pressentiment. Bryce, son agent, ne lui avait pas donné de nouvelles depuis des mois. Il ouvrit le message, suivit le lien et son sang se glaça dans ses veines quand il découvrit la vidéo que Chloé avait prise de lui en train de parler des pipistrelles.

Son hurlement de rage et de douleur ne put sortir de sa gorge, tant il peinait à respirer. Les doigts tremblants, il alla sur Facebook, Twitter, TikTok... La vidéo était partout. Sur l'écran, l'horreur de ses cicatrices s'affichait sans filtre.

Il ne pouvait y avoir qu'une responsable à cette fuite et la trahison lui fit l'effet d'un coup de poignard. Comment avait-elle pu lui faire ça ? Il avait eu confiance en elle !

Le téléphone serré dans sa main crispée, il fonça vers la cuisine. La rage qui bouillonnait en lui avait besoin de s'exprimer.

9

En l'entendant entrer dans la cuisine, Chloé se retourna, la grille du four dans les mains. Elle avait préparé des cookies aux épices, et la cannelle embaumait l'air.

— Lesquels ont l'air meilleurs, d'après toi ? Les étoiles ou les bonshommes de neige ? J'aurais peut-être dû me contenter de faire des cercles tout bêtes ? s'inquiéta-t-elle, les sourcils froncés.

Elle leva les yeux sur lui et oublia instantanément les cookies devant son visage défait.

— Qu'y a-t-il ? s'alarma-t-elle aussitôt.

Elle posa la grille et voulut aller à lui pour prendre sa main, mais il s'écarta brusquement.

— Qu'est-ce qui t'a pris ? gronda-t-il.

Elle recula d'un pas, stupéfiée par la fureur qu'elle lisait dans ses yeux étincelants. Qu'avait-elle bien pu faire pour le mettre dans un tel état ? Il tendit son téléphone vers elle et le souffle lui manqua.

Sous la vidéo qu'elle avait prise de lui dans le jardin, le décompte des vues affichait déjà plus de huit cent mille. Chloé sentit la nausée lui serrer la poitrine.

— Comment… ?

— Tu comptes vraiment jouer l'innocente et prétendre que tu n'as rien à voir avec ça ?

Elle eut la sensation qu'il venait de la gifler. Il pensait que c'était elle qui avait publié la vidéo ! Elle attendit que la colère monte en elle, prête à lui jeter au visage quel imbécile paranoïaque il était. Seulement, rien ne vint, sinon une brutale envie de fondre en larmes. Elle dut lutter contre le genre de sanglots irrépressibles qui arrivaient quand on avait le cœur brisé. Qu'est-ce qui lui prenait, bon sang ?

— Je n'ai rien à voir avec ça, dit-elle d'un ton altéré.

Il lui lança un regard assassin, mais au fond de ses pupilles, elle lut la souffrance de la trahison qu'il ressentait, ce qui ne fit rien pour apaiser la douleur qui serrait son cœur dans un étau.

— Je ne te crois pas, gronda-t-il.

Elle refusa de détourner le regard pour l'accuser.

— Alors, toutes ces grandes déclarations comme quoi tu me faisais confiance, ce n'étaient que de belles paroles ? Pourquoi ? Pour me mettre dans ton lit ?

Il réagit comme si elle l'avait frappé.

— N'essaie pas de me rendre responsable ! s'emporta-t-il. Pourquoi tu as fait ça ?

— Je vais le répéter : je n'ai rien fait.

— Bon sang, Chloé ! Il n'y a que toi, moi et ma grand-mère qui avons cette vidéo ! Est-ce que c'est parce que tu ne supportais pas l'idée de perdre la maison ? Tu as préféré vendre la vidéo pour ne pas avoir à t'en séparer ?

Chloé secoua la tête, le cœur au bord des lèvres. Il était parfaitement sérieux et il lui fallut rassembler tout son courage pour ne pas se laisser tomber sur une chaise.

— Je croyais que nous étions amis, murmura-t-elle.

— Tu pensais m'aider ? Relancer ma carrière ? Tu n'avais pas le droit de me forcer la main comme ça ! poursuivit-il.

Son téléphone sonna et il décrocha mécaniquement.

— Grand-mère... Oui, je l'ai vue, comme le reste du monde, apparemment.

Il écouta un instant et se figea brusquement.

— Tu as mis la vidéo en ligne, répéta-t-il lentement.

Il se tourna vers elle, mais Chloé refusa de croiser son regard. Déjà, elle avait passé son manteau et une écharpe et elle sortit par la porte de service. Les mains tremblantes, elle empoigna au hasard des outils, sans même savoir ce qu'elle en ferait. Ce n'est que lorsqu'elle vit la masse dans sa paume qu'elle se dirigea vers l'un des anciens carrés de potager pour démanteler un muret de pierre. George s'était déjà occupé du premier. Elle frappa les pierres avec la même violence que celle avec laquelle Beau lui avait jeté ses accusations au visage. Elle asséna de grands coups jusqu'à ce que tout son corps lui fasse mal, et que son cœur s'engourdisse enfin.

Quelle importance si Beau ne lui faisait finalement pas confiance ? S'ils n'étaient pas vraiment amis ? Si tout cela n'avait été qu'un vaste mensonge ? Elle s'en remettrait !

Au fond d'elle, pourtant, la douleur se fit plus vive, tranchante. Elle l'ignora. Comme elle s'interrompait un instant dans son œuvre de destruction, elle découvrit Beau assis sur un muret tout proche, la tête basse. Aussitôt, il se leva pour venir vers elle.

— Chloé, je ne sais pas quoi dire...

— Pardon serait un bon début, lâcha-t-elle.

— Je n'ai pas les mots pour te dire à quel point je suis désolé.

Sans répondre, elle lâcha la masse pour s'emparer d'une pioche afin de déraciner une racine résistante d'agapanthe.

— Chloé, je m'excuse d'avoir tiré les mauvaises conclusions. J'ai vu cette vidéo et...

— Et j'étais la coupable idéale, bien évidemment.

— J'ai paniqué en voyant le nombre de vues, je n'ai pas réfléchi... Je me suis imaginé replonger dans le cauchemar d'il y a quatorze mois et...

Il s'interrompit et secoua la tête. Son teint avait viré au gris et elle ne put s'empêcher d'éprouver de la compassion pour lui, du moins, en partie. Il avait l'air tellement épuisé... comme hanté.

— Et c'est sur toi que c'est retombé, reprit-il. Ce qui est absolument injuste. Je sais que c'est beaucoup demander, mais est-ce que tu crois que tu arriveras à trouver en toi l'envie de me pardonner ?

Elle ne répondit pas, mais accepta de croiser son regard. Force était de reconnaître qu'il savait s'excuser quand c'était nécessaire.

— Tu as un cœur merveilleux et j'aurais dû en prendre davantage soin, souffla-t-il.

— Pourquoi ta grand-mère a-t-elle publié la vidéo ?

Il passa une main sur son visage fatigué.

— Parce qu'elle partage ton opinion. Elle estime que je devrais remettre ma carrière en route, plutôt que de me cacher ici. C'était censé me prouver que j'avais toujours un public.

— Et tu lui pardonnes ?

Il hocha la tête, sans parvenir toutefois à cacher sa confusion ni son sentiment de trahison. Elle dut se retenir pour ne pas le prendre dans ses bras.

— L'heure du déjeuner est largement passée et j'ai promis à ta mère de ne pas te laisser travailler trop dur, dit-il en se redressant. Tu veux bien finir cette conversation autour d'un repas ?

Chloé découvrit avec surprise qu'elle avait passé beaucoup plus de temps qu'elle ne l'imaginait à évacuer ses émotions au jardin. Et, même si Beau et elle n'étaient plus amis, elle restait sa gouvernante pour quelques semaines encore. De son point de vue, il n'y avait pas grand-chose à ajouter, mais elle hocha la tête en retournant vers la maison.

Pendant qu'il faisait du thé, elle prépara des sandwichs. Puis ils s'assirent et elle se concentra pour avaler quelques bouchées, malgré la boule qui lui serrait la gorge.

Beau garda le silence en sirotant son thé. Enfin, il inspira profondément.

— Quand je suis rentré à Dawncarden après mon séjour à l'hôpital, j'étais... en enfer. Mes rêves étaient brisés, et surtout, tous ceux qui m'avaient autrefois aidé et soutenu avaient disparu. C'est ainsi que j'ai compris qu'ils avaient davantage soutenu mon succès que moi-même.

Chloé sentit la nausée l'envahir.

— J'ai quitté l'hôpital dès que j'ai pu parce que je ne supportais plus le harcèlement médiatique, et les médecins n'ont accepté qu'à la condition que j'engage une infirmière à domicile. Ce que j'ai fait... Elle a pris des photos dans mon dos et les a vendues.

Elle retint de justesse une exclamation choquée.

— Par chance, j'ai été prévenu par un contact dans les médias et mon avocat a pu agir pour annuler leur publication. Tu m'as accusé d'être parano : c'est ce genre d'incidents, répétés, qui m'ont empêché de me fier à quiconque. Ce n'est pas une excuse, j'en ai conscience. Je n'aurais jamais dû t'accuser. Je voulais juste que tu saches pourquoi j'ai réagi ainsi.

Elle comprenait, d'une certaine manière. Malheureusement cela ne changeait rien à l'issue... Tout était fini entre Beau et elle. Il plongea ses yeux dans les siens.

— Est-ce que tu pourras me pardonner ?

Devant son hochement de tête, son visage s'éclaira, un instant seulement.

— Mais ça ne change rien au fait que j'ai tout fait foirer et que je t'ai blessée, comprit-il.

— Je croyais que nous étions amis, expliqua-t-elle.

— Nous le sommes ! Dès que la tension sera retombée, tu le verras.

— Non, Beau. Nous sommes client et prestataire.

— Chloé, je te jure que je vais me rattraper. Je ferai tout ce qui est en mon pouvoir pour te prouver que tu peux avoir confiance en moi.

— Tu parles de laisser la tension redescendre ; seulement, il n'y a pas de tension, je ne suis pas en colère.

Il fronça les sourcils, l'air perplexe, mais elle poursuivit :

— Toi et moi sommes très doués pour nous énerver l'un contre l'autre, mais, cette fois, ma réaction était différente. La colère n'est pas venue, je suis juste... vidée. Que tu puisses croire que je pourrais te faire ça... Je ne suis pas en colère, Beau, je suis profondément blessée.

Il avait blêmi devant la gravité de son ton, mais elle ne pouvait plus s'arrêter.

— Ça m'a fait prendre conscience que je ressentais sans doute plus pour toi que je ne l'avais prévu. Je ne suis pas prête pour ça, je n'ai jamais voulu quoi que ce soit de permanent. Alors le sexe était super, mais ça s'arrête là. Ce n'est plus un simple divertissement, puisque ça menace de devenir quelque chose de plus intense. Ce que ni toi ni moi ne voulons.

Elle vit passer dans son regard un éclair de colère.

— Tu es en train de dire que, si le sexe s'arrête, notre amitié ne t'intéresse plus ?

Chloé bondit, piquée au vif.

— Je t'interdis ! Ce n'est pas moi qui ai brisé la confiance qui était censée exister entre nous !

— Non, mais tu es clairement en train de te raccrocher à la moindre excuse pour battre en retraite. C'est plus facile de me blâmer, quels que soient mes torts objectifs, que de reconnaître que tu as peur.

— Ne fais pas comme si tu me connaissais ! Ta réaction d'aujourd'hui a largement prouvé que ce n'était pas le cas !

Il se redressa à son tour, l'air furieux.

— On dirait que tu as retrouvé ta colère...

— Effectivement ! Et crois-moi, ça fait du bien ! s'exclama-t-elle en haussant la voix.

Bon sang ! Ils ressemblaient à deux gamins. Elle ferma les yeux et prit une longue inspiration.

— Soyons clairs, j'irai au bout de ma mission. Ensuite, je partirai. Fin de l'histoire.

— Fin de l'histoire, répéta-t-il avant de sortir de la pièce.

— Parfait ! Ravie de voir qu'on est au moins d'accord sur quelque chose ! cria-t-elle dans sa direction.

Hélas, Chloé ne pouvait lutter contre la sensation d'avoir perdu quelque chose d'infiniment précieux.

La porte de son bureau claqua dans un fracas satisfaisant. Il espérait que Chloé l'avait entendu et qu'elle... Pff, de qui se moquait-il ? Il n'était pas furieux après elle, mais après lui-même ! Il arpenta la pièce comme un lion en cage.

Comment avait-il pu tout gâcher ? Il n'avait pas réfléchi, tout simplement. Il avait foncé, plein de rage et de suspicion, tellement certain qu'il avait encore été trahi.

Son téléphone vibra. Un autre message de Bryce. Il ne l'ouvrit pas.

Quel imbécile ! Chloé lui avait dit et répété qu'elle n'était pas responsable et il n'avait même pas eu le respect de l'écouter. Il avait refusé de se sentir vulnérable parce que... Beau serra et desserra les poings. Parce que l'idée qu'elle le trahisse était insoutenable. La peur avait pris le dessus, si bien qu'il avait nourri sa fureur dans un effort ridicule pour se protéger. Résultat, il avait blessé une femme qu'il respectait et brisé une amitié qui avait bien plus d'importance à ses yeux qu'il ne l'avait mesuré.

Chloé l'avait fait sortir de sa coquille. Elle l'avait fait rire, elle l'avait laissé se mettre en colère sans honte parce qu'il avait besoin d'extérioriser cette rage autant qu'elle. Elle lui avait rappelé qu'il restait des gens dans le monde qui se moquaient bien de ses cicatrices. Elle l'avait obligé à considérer la possibilité que sa carrière ne soit pas entièrement derrière lui. Elle lui faisait voir le bon côté de chaque chose, de chaque personne, y compris chez lui-même.

Alors, il allait trouver le moyen de retrouver leur amitié. Bien sûr, le sexe lui manquerait terriblement, mais l'idée de la perdre comme amie était bien plus insupportable. Imaginer que, dans un mois, elle partirait pour ne plus jamais revenir...

Son téléphone vibra de nouveau. Toujours Bryce. Cette fois, il l'éteignit. Au comble du désespoir, il tapa dans la barre de recherche de son ordinateur « Comment reconquérir un ami ». Les solutions proposées s'affichèrent instantanément : s'excuser, écouter le point de vue de l'autre, lui laisser de l'espace, poursuivre ses efforts, raffermir le lien en partageant des choses...

Au cours des trois jours qui suivirent, Beau mit en pratique toutes ces pistes. Quand il s'excusa de nouveau, elle lui assura que c'était inutile. Il s'efforça de ne pas la presser et de respecter la distance qu'elle instaura entre eux. Il lui proposa un jeu de société le jeudi, qu'elle déclina sans explication et sans qu'il en demande une.

Intérieurement, il souffrait atrocement de son éloignement, mais il se contrôlait pour ne pas la brusquer. De toute façon, il souffrait plus encore de mesurer combien il l'avait blessée, alors qu'elle était la dernière personne au monde à mériter cela.

Ils continuaient de travailler côte à côte dans le jardin, même s'ils ne discutaient plus comme avant. C'était là qu'il se sentait le mieux : près d'elle, son cœur cessait de le torturer pendant quelques heures.

Ils étaient justement occupés à remettre du terreau autour des racines d'une azalée fraîchement plantée, quand elle se tourna vers lui, les sourcils froncés.

— Je suppose que les vibrations constantes de ton téléphone viennent de ton agent.

Ce dernier avait effectivement appelé la veille sur le fixe et Chloé lui avait transmis le message, mais il avait persisté à l'ignorer. Il n'avait pas de temps pour Bryce, il consacrait tous ses efforts à arranger les choses avec elle.

— Oui, admit-il en sortant le téléphone de sa poche.

— Et j'imagine qu'il a dû t'envoyer des mails aussi.

— Probablement. Je n'ai pas consulté ma boîte depuis un moment.

— Est-ce que tu as consulté tes réseaux sociaux ?

— Bien sûr que non.

Il n'avait aucune envie de lire les commentaires pleins de pitié voyeuriste de ses prétendus fans.

Avec un soupir, Chloé laissa tomber sa truelle dans la terre et se redressa.

— Tu as promis de réfléchir à la possibilité de refaire des documentaires. Ce n'était qu'une promesse creuse ?

Elle avait raison : il n'avait pas accordé une seule pensée à sa carrière depuis le fiasco.

— Non ! Je... je suppose que j'ai évité d'y penser.

Elle croisa les bras quand le téléphone vibra de nouveau.

— Eh bien, la première étape pour changer ça me paraît logiquement de discuter avec ton agent, non ?

Il plissa le nez, reculant déjà devant une telle perspective.

— Qu'est-ce qui te fait tellement peur, Beau ?

Il n'avait aucune envie d'en discuter ; seulement, pour sauver leur amitié, il était censé renforcer leur lien en partageant des choses avec elle...

— Et si je n'aimais pas les options que Bryce me propose ? Et s'il n'y avait tout simplement pas d'options ?

Ses grands yeux s'adoucirent avant qu'elle détourne le regard.

— Il n'insisterait pas autant s'il n'avait rien à te proposer.

Beau la contempla un instant et carra les épaules. Discuter avec son agent n'était pas un grand prix à payer pour lui faire sentir que son opinion avait de la valeur pour lui.

— Tu veux m'accompagner pour lire ce qu'il m'a écrit ?

Elle recula d'un pas et le cœur de Beau se serra.

— Ça ne me regarde pas.

— Bien sûr que si, insista-t-il. Si tu ne m'avais pas fait promettre... Enfin, je n'aurais jamais accepté de prendre le risque de subir une telle déception sans toi.

Chloé écarquilla les yeux, comme si elle n'avait pas même envisagé la possibilité d'une déception. Il était infiniment touché qu'elle exprime une telle confiance en ses talents. Surtout, il saisit l'occasion de pousser son avantage.

— J'aurai sûrement besoin de soutien pour affronter cette lecture. Et en l'absence de Stéphanie...

Elle leva les yeux au ciel, mais il crut discerner l'ombre d'un sourire sur ses lèvres.

— Faisons un deal, proposa-t-il. Tu m'accompagnes pour boire un thé pendant que je lis mes mails, et je t'emmène voir une très vieille forêt avant ton départ.

— Marché conclu ! dit-elle, surprise elle-même par la rapidité de sa réponse.

— Alors, allons-y, lança-t-il pour ne pas lui laisser le temps de revenir sur sa décision.

Un quart d'heure plus tard, elle se penchait vers lui par-dessus son bureau.

— Si je résume, cette chaîne te propose de créer, filmer et présenter ta propre série documentaire ?

— C'est une chaîne concurrente de celle où je travaillais, annonça-t-il, toujours sous le choc.

— Et celle où tu travaillais souhaite rouvrir les négociations...

— Ils peuvent toujours rêver !

— D'accord. Pourquoi tu n'as toujours pas rappelé Bryce pour lui dire que la première proposition t'intéresse ? Tu as encore peur que le public ne voie tes cicatrices ?

— Un peu, sans doute. Me retrouver au centre de l'attention médiatique ne me tente pas vraiment.

— Ça ne durera pas... Seulement le temps que les gens s'habituent.

Elle avait raison, une fois de plus. D'ailleurs, ce n'était pas pour ça qu'il ne rappelait pas Bryce dans la seconde, mais simplement parce que restaurer leur amitié restait bien plus important à ses yeux que de retrouver son emploi de documentariste.

Désormais, il ne voulait plus seulement être le meilleur dans son domaine, il voulait être une meilleure personne.

— Pour accélérer les choses, je devrais suivre ton conseil et poster des vidéos sur mes réseaux.

Son visage s'illumina et elle se pencha pour serrer sa main.

— Exactement ! Et maintenant, appelle Bryce !

Dix minutes plus tard, il annonçait :

— Bon, je pars pour trois jours à Londres.

Elle applaudit et bondit pour esquisser une danse de la victoire.

— Dès que tu rentres, tu me montres cette ancienne forêt !

Beau était à peine parti qu'il mourait d'envie d'être de retour. Heureusement, les discussions avec la chaîne se déroulèrent au mieux. Sa vidéo était devenue virale, preuve que le public attendait son retour de pied ferme. La chaîne lui offrait donc un contrat généreux, ainsi que le contrôle absolu sur la direction artistique. Il signa dès le deuxième jour.

En vérité, la perspective de retrouver bientôt la caméra et son public aurait dû le transporter de joie, d'autant que l'équipe réunie par la chaîne était adorable. Pourtant, comme il rentrait à son hôtel après un dîner d'exception, il ressentit un vide douloureux en lui.

Aujourd'hui, il avait tout ce qu'il avait toujours voulu ; seulement, Chloé n'était pas là pour partager son triomphe, alors que rien de tout cela n'aurait été possible sans elle.

Malgré l'heure tardive, il composa son numéro et elle répondit à la première sonnerie. Avait-elle attendu son appel ? Son cœur battit un peu plus vite à cette idée.

Il lui raconta le contrat, sa rencontre avec l'équipe et le dîner ridiculement luxueux. Elle le félicita avec chaleur et il devina qu'il avait fait quelques progrès dans la reconquête de son amitié.

Pourtant, quand il raccrocha, Beau ne trouva pas l'apaisement qu'il espérait. Il arpentait la chambre, étrangement nerveux, quand, tout à coup, les pièces du puzzle se mirent en place. Il se pétrifia.

Bon sang ! Il ne l'avait pas compris plus tôt parce que cela ne lui était jamais arrivé ! Si son amitié ne lui suffisait pas, c'est parce qu'il était tombé amoureux de Chloé !

Les mots qu'elle avait prononcés des semaines plus tôt résonnèrent à son esprit. Elle ne voulait plus jamais retomber amoureuse. Seulement, il ne comptait pas laisser la femme qu'il aimait s'éloigner sans même essayer de la retenir ! Il allait lui prouver qu'il pouvait la rendre heureuse !

10

Chloé tournait en rond dans la cuisine, incapable de déterminer ce qui n'allait pas chez elle. Elle avait retenté une fournée de *shortbreads*, sans plus de succès que la première fois : les biscuits s'émiettaient tellement qu'il fallait les manger à la cuillère. Alors elle prépara les cookies à la cannelle que Beau engloutissait en un clin d'œil. Sauf qu'il n'était pas là pour engloutir quoi que ce soit et qu'elle se retrouvait avec trois douzaines de cookies sur les bras et aucun appétit.

Elle avait passé toute la matinée au jardin et avait bien avancé, jusqu'à ce qu'une pluie torrentielle ne l'oblige à rentrer. Pour se tenir occupée, elle avait préparé un rôti et la cuisine sentait délicieusement bon. Elle avait aussi fait un saut au village pour y acheter une bouteille de champagne. Bref, elle avait eu une journée bien remplie et n'aurait pas dû se sentir dans cet état de crispation.

Ce soir, il rentrerait et tout était prêt pour célébrer son triomphe. Elle était heureuse pour lui. En fait, c'est exactement ce qu'elle avait souhaité pour lui. Alors pourquoi se sentait-elle aussi... agitée ?

Une inquiétude confuse l'avait gagnée dès le matin. Elle travaillait si dur pour lui donner le jardin de ses rêves, mais y passerait-il du temps, accaparé par sa nouvelle série ? Quelle importance ? Elle était payée pour son travail, ce qu'il en faisait ensuite ne la regardait pas.

Soudain, sa peau frissonna. Elle se retourna et découvrit

Beau sur le seuil. Chloé dut réprimer une brutale envie de se jeter dans ses bras.

— Je ne t'ai pas entendu rentrer, dit-elle d'une voix altérée. Un thé ?

— Oui, s'il te plaît, acquiesça-t-il avant d'étrécir les paupières en l'observant. Tu n'as pas passé tout ton temps à travailler, j'espère ?

— Bien sûr que non. De toute façon, même si j'avais voulu, le temps s'est chargé de m'en empêcher, dit-elle en lui servant une tasse.

— Oui, les routes étaient détrempées, mais j'en avais assez de Londres. J'avais juste envie de rentrer.

Ces mots la réchauffèrent instantanément.

— Un cookie ? proposa-t-elle.

Il en prit plusieurs et Chloé remarqua que son étrange sensation de nervosité disparaissait comme par magie. La maison ne lui paraissait plus vide et étrangère.

Le jardin prenait rapidement forme et on pouvait sans peine deviner à quoi il ressemblerait dans quelques années, quand la végétation s'épanouirait. Beau la laisserait-elle revenir pour voir son évolution ? Il aurait sûrement oublié qui elle était d'ici là, trop occupé à tourner ses documentaires aux quatre coins du monde pour apprécier ce refuge.

— Tu as l'air bien sombre, tout à coup.

Elle leva les yeux et découvrit qu'il l'observait, alors qu'elle l'avait cru enfermé dans son bureau. Elle s'obligea à détendre ses traits.

— Ce jardin devient un vrai paradis, lança-t-elle. Mais je suis contente que tu ne t'y enfermes pas, grâce à ce nouveau contrat. C'est une opportunité incroyable.

Sans raison, son cœur s'était mis à battre plus vite. Elle s'obligea à sourire. Elle n'exprimait que la vérité, après tout. C'était *vraiment* merveilleux. Ses yeux bleus refusaient de la quitter et elle se troubla davantage.

Comment pouvait-elle le désirer à ce point ? Sentir ses doigts caresser sa peau alors qu'il était à plusieurs mètres ? Assez ! Maintenant qu'ils retrouvaient un semblant de relation amicale, ce n'était pas le moment de revenir à plus.

Seulement, elle devait lutter contre elle-même pour résister, alors que lui ne semblait absolument pas soumis à la même tentation. Chloé serra les poings. Elle n'avait pas le droit de lui en vouloir quand c'était elle qui avait voulu tout arrêter !

— Mais… ? demanda-t-il pour l'inviter à poursuivre.

Elle s'obligea à revenir au présent.

— J'allais simplement suggérer que tu pourrais employer un jardinier pour que le jardin ne retourne pas à l'état sauvage.

Chloé se sentit rougir. Allait-il croire qu'elle se proposait pour le job ? Bon sang ! Ce n'était pas du tout… Elle terminerait son projet, puis elle rentrerait à la maison pour s'occuper de la jardinerie. À moins qu'elle ne vende la maison pour commencer une nouvelle vie…

— Je voudrais te montrer quelque chose.

— Oh ! mais…

— Pas de « mais ». Tu t'épuises depuis des heures.

Surprise, elle consulta sa montre.

— Mince ! Le déjeuner…

— … peut attendre ! la coupa-t-il. J'ai passé la matinée sur quelque chose et j'aimerais que tu le voies. De toute manière, nous sommes le 24, tu mérites un jour de vacances.

Tout en parlant, il avait rassemblé ses outils, ne lui laissant d'autre choix que de le suivre. Que voulait-il lui montrer ? Les premières images du prochain épisode de sa nouvelle série ? Quelle serait sa prochaine destination ? L'Afrique ? L'Antarctique ?… Malgré elle, ses épaules s'affaissèrent, comme sous le poids d'un fardeau trop lourd.

Qu'est-ce qui ne tournait pas rond chez elle ? Elle l'avait harcelé sans relâche pour qu'il prenne conscience que sa carrière n'était pas finie, et maintenant qu'il obtenait une seconde chance, elle peinait à le soutenir !

— Tu es sûr que tu ne veux pas au moins un sandwich ?

Il saisit sa main pour l'entraîner vers la maison.

— Je nous ferai des croque-monsieur après.

— C'est moi qui suis la gouvernante…

— Ma maison, mes règles.

Elle abandonna le combat et le suivit jusqu'à son bureau où il l'installa devant l'écran de son ordinateur. La vidéo commença, on y voyait Beau dans le jardin. Puis il se mit à parler et elle écouta, figée. Deux autres vidéos suivaient, qu'elle visionna sans pouvoir prononcer le moindre mot.

— Tu voulais des prises de vue avant et après les travaux pour ton portfolio, dit-il quand ce fut terminé. Je pense que ce sera beaucoup plus parlant, non ?

Il avait pris soin de présenter chaque partie du jardin telle qu'elle était et telle qu'elle serait une fois ses esquisses mises en œuvre. Il la mentionnait par son nom comme une paysagiste de talent et affirmait qu'il avait été chanceux de trouver une artiste capable de lui apporter une telle vision.

— Ce jardin doit être ton refuge, Beau, balbutia-t-elle, au-delà de l'émotion. C'est beaucoup… trop.

Contrat ou pas, elle savait à quel point il tenait à son intimité !

— Tu plaisantes ? C'est loin d'être assez.

L'espace d'une seconde, elle crut voir un éclair de chaleur dans son regard, mais il disparut aussitôt.

— Tu ne me dois rien, murmura-t-elle.

Il essayait sans doute encore de se racheter pour ses accusations infondées.

— Je sais que je n'ai pas besoin de le faire. J'en ai envie. Tu m'as fait prendre conscience d'une chose, Chloé : en partageant ce jardin dont j'ai rêvé et que tu fais naître, je ne perds rien.

Il serra brièvement sa main avant de la relâcher.

— Je peux certes m'isoler ici quand je veux, me perdre dans la sérénité des lieux et admirer l'abondance de vie qui y règne. Mais en partageant ce coin de paradis, je peux également inspirer d'autres personnes, les inciter à faire de leurs jardins des lieux de préservation. Tu m'as aidé à comprendre que j'ai besoin de partager ma passion, plutôt que de la laisser enfermée entre des murs clos.

Chloé sentit sa gorge se serrer et ses yeux la piquer, si bien qu'elle fut incapable de parler.

— Je vais faire plus de vidéos au fur et à mesure de l'avancée des travaux. Et quand tout sera prêt, je continuerai à faire une mise à jour annuelle que je t'enverrai et que tu pourras utiliser comme ça t'arrange.

— C'est le genre de promo qui lance une carrière, Beau.

Dès que ses fans entendraient parler d'elle, les clients se battraient pour l'engager !

— Ce n'est que justice. Grâce à toi, j'ai réalisé que j'avais encore beaucoup à offrir au monde. Je veux que tu prennes conscience, toi aussi, que ton talent mérite d'être connu et partagé.

Il était à la porte avant qu'elle ait pu réagir.

— Tu as faim ? Je vais préparer ces croque-monsieur...

— Beau ?

Elle marcha jusqu'à lui et se hissa sur la pointe des pieds pour déposer un baiser sur sa joue.

— Merci.

11

Le matin de Noël, Chloé se précipita vers la fenêtre. La veille, Beau lui avait annoncé qu'ils prévoyaient de la neige dans la nuit. Dieu sait qu'elle mourait d'envie d'avoir un Noël sous la neige !

Comme elle ouvrait les rideaux, un rayon de soleil émergea des nuages pour se refléter sur la couche de rosée givrée. En revanche, nulle trace de neige. Allons, inutile d'être déçue. Dans un moment, elle allait parler à sa famille et elle saurait se montrer reconnaissante pour tout ce que ce Noël lui apportait !

La veille, le présent que Beau lui avait fait à travers ses vidéos avait consolidé une amitié solide qui ne s'éteindrait pas. Savoir qu'il ne sortirait pas de sa vie après son départ était un soulagement énorme.

Après le petit déjeuner, ils échangeraient les cadeaux achetés au marché de Noël. Elle était impatiente de voir la tête qu'il ferait en les ouvrant ; aussi ne perdit-elle pas de temps à se préparer.

Ils se retrouvèrent en bas de l'escalier et échangèrent un large sourire avant de se souhaiter un joyeux Noël. Comme il se penchait pour l'embrasser, leurs lèvres s'effleurèrent. Chloé se figea. Était-ce elle qui avait tourné le visage ou bien l'avait-il embrassée délibérément sur la bouche ? Ce fut un baiser rapide, qui ne fit qu'accroître sa frustration.

Déjà, Beau reculait pour plonger son regard dans le sien. Ils se sourirent sans parler.

— Des œufs au bacon ? proposa-t-elle avec bonne humeur pour ne rien révéler de son trouble.

— Avec plaisir. Pendant ce temps, je vais installer l'ordinateur près du sapin et allumer un feu.

Une heure plus tard, ils échangeaient en visio avec sa famille, qui admira le magistral sapin et le feu ronflant en arrière-plan. C'était déjà le soir à Sydney et il n'y avait plus que des restes sur la table du dîner. Soudain, Chloé ressentit un brusque mal du pays.

— Vous me manquez tellement ! s'exclama-t-elle.

— Toi aussi, Chloé ! répondirent-ils en écho.

— Tu as l'air en pleine forme, ajouta sa mère avec un sourire rayonnant. Est-ce que tu as eu droit à ton réveil enneigé, comme tu l'espérais ?

— Non, alors que Beau m'avait promis de la neige ! Cela dit, la rosée est toute gelée et c'est magnifique.

— Eh ! se récria-t-il, la journée ne fait que commencer.

— Je sais qu'elle a des vues sur la luge qui est rangée dans la grange, Beau ! commenta sa mère en riant. Joyeux Noël à vous deux, mes chéris !

— Joyeux Noël, madame Jennings, répondit-il avec un sourire qui fit fondre le cœur de Chloé. Promis, si la neige arrive, nous enverrons des photos de notre escapade en luge !

— Parfait !

— Est-ce que c'est une chaussette que je vois sur le manteau de la cheminée ? intervint son père.

Beau agita ses sourcils de haut en bas, la faisant rire.

— Il y en a même deux ! Une pour chacun...

— Ouvrez-les ! Ouvrez-les ! scanda sa famille en chœur.

Au milieu des rires, Chloé déchira les emballages. Elle découvrit un pull rouge orné d'un renne qu'elle enfila joyeusement, une truelle toute neuve et un livre de recettes spécial *shortbreads* qui la fit éclater de rire. Elle expliqua aux autres ce cadeau et la bonne humeur fut générale. Enfin, son dernier cadeau était un jeu de fléchettes pour lequel elle le remercia d'un immense sourire.

De son côté, elle lui avait offert un pyjama aux couleurs de Noël, décoré de cannes à sucre. Devant son sourcil levé, elle expliqua :

— C'est une tradition familiale. Nous avons tous un pyjama de Noël.

À ces mots, toute sa famille se leva pour lui montrer les leurs. Puis il découvrit le petit livre sur l'art des insultes et enfin, une cible pour fléchettes. Dans un rire, il le leva vers l'écran.

— Devinez à quoi nous allons passer notre après-midi !

Son sourire, tellement sincère, lui donna envie de le serrer dans ses bras. Bientôt, ils terminèrent la conversation et Beau lui saisit la main.

— Tout va bien ? s'inquiéta-t-il tandis qu'elle se perdait dans la contemplation des flammes.

— Oui, oui, pardon ! C'est juste… on l'a fait ! s'exclama-t-elle en trépignant brusquement de joie avant de saisir son autre main. Ils sont ravis et ne s'inquiètent plus ! Je n'ai pas gâché leur Noël ! Tu n'imagines pas combien ça me rend heureuse !

Il n'avait pas besoin d'imaginer quoi que ce soit : elle rayonnait !

— Oui, de toute évidence, ils ont adoré assister à l'ouverture de nos cadeaux, autant qu'on a adoré les ouvrir.

Elle fronça légèrement les sourcils, comme si elle réalisait tout juste qu'elle aussi avait apprécié le moment. À croire que son propre bonheur n'entrait pas dans l'équation.

— Tous ceux qui t'aiment ne peuvent qu'être heureux de te voir retrouver la joie de Noël.

Mark y compris, se retint-il d'ajouter. Il avait eu l'air d'aimer sincèrement Chloé ; aussi Beau était-il convaincu qu'il n'aurait pas voulu la voir se refermer sur elle-même et s'interdire toute joie. Mais elle le savait déjà… Ce n'était plus le souvenir de Mark qui la retenait, mais ses propres peurs.

— Personnellement, c'est le meilleur Noël que j'aie connu, confessa-t-il avec simplicité.

— Vraiment ?

— Peut-être y en a-t-il eu d'autres quand j'étais enfant, dit-il en haussant les épaules, mais les souvenirs sont trop vagues. D'ordinaire, ma grand-mère et moi passions Noël tous les deux. C'était sympa, mais... Enfin, ce moment de joie partagée, dit-il en désignant l'écran, c'était une révélation pour moi.

— Moi aussi, je me suis bien amusée, dit-elle avec douceur.

— Alors, c'est le moment de lancer un tournoi de fléchettes !

— Je vais te laminer ! promit-elle.

Au même instant, son téléphone annonça un message qu'elle lut en souriant. Elle rangea le téléphone et posa sur lui un regard pétillant.

— Ton dernier cadeau arrive, annonça-t-elle.

Il s'efforça de maîtriser les battements de son cœur, mais, en cet instant, il se prit à penser qu'elle avait pour lui des sentiments plus forts qu'elle ne voulait bien l'admettre.

— Ah bon ? Moi aussi, je t'ai pris quelque chose en plus...

— Beau ! Il ne fallait pas !

— Poêle ou casserole, je n'étais pas sûr...

Elle rit de bon cœur.

— Ne bouge pas, le pria-t-elle. Je vais chercher ton cadeau.

Elle disparut en direction de la cuisine et il tenta de réprimer son impatience. Lui avait-elle cuisiné quelque chose ? Ou bien rapporté une plante rare pour son jardin ?

— Ferme les yeux et tends les mains, lança-t-elle depuis la porte.

Il obéit, et bientôt, il sentit son parfum de fleurs et inhala profondément.

— Attention, murmura-t-elle en posant quelque chose de doux entre ses mains.

Quelque chose de doux, de chaud... et de vivant !

— Ouvre les yeux, murmura-t-elle au moment où il le faisait pour découvrir un minuscule chiot.

Celui-ci se réveillait à peine et il plongea ses grands yeux sombres dans ceux de Beau, qui craqua instantanément. Après avoir affectueusement léché sa main, le chiot se roula en boule dans un bâillement.

— C'est un beagle, annonça-t-elle, il risque de faire plein de bêtises. J'avais prévu sa venue avant que tu signes ton contrat, bien sûr, mais j'ai vu avec Stéphanie et elle est ravie d'avoir un petit camarade pour lui tenir compagnie quand tu seras absent.

Beau acquiesça, la gorge nouée. Elle lui offrait cet adorable chien afin qu'il ne se sente pas seul.

— Il fait partie d'une portée née dans une ferme toute proche. Les pauvres ne savaient pas comment leur trouver un foyer à tous et...

Beau posa un index sur ses lèvres pour arrêter son babillage.

— Il est parfait, je l'adore, dit-il d'un ton voilé.

Ses lèvres aussi étaient parfaites, surtout quand elles s'ornaient de ce sourire tendre. Bon sang ! Il avait tellement envie de l'embrasser... Elle recula soudain, comme si le même désir l'avait traversée.

Son cœur tressauta douloureusement, mais il fit de son mieux pour garder son sourire en place. Après tout, Rome ne s'était pas construite en un jour.

— Comment as-tu réussi à me le cacher ? s'étonna-t-il.

— George est parti le chercher ce matin à la ferme, expliqua-t-elle en caressant le petit animal.

— C'est le plus beau cadeau qu'on m'ait jamais fait.

De fait, elle n'aurait rien pu lui offrir de mieux, sinon son cœur. Noël n'était-il pas le moment rêvé pour les miracles ?

— Son panier, et tout ce dont il a besoin, se trouve dans la cuisine. Reste le plus important : comment vas-tu l'appeler ?

— Rudolph, en l'honneur du renne du Père Noël.

— Parfait ! On pourra le surnommer Rudy.

Le chiot s'était rendormi sur ses genoux et Beau prit avec précaution son cadeau dans sa poche.

— J'ai vu ça à Londres et j'ai pensé à toi.

Elle tourna prudemment le coffret entre ses doigts.

— Il ne mord pas, promis.

Avec un sourire, elle déchira le papier et écarquilla les yeux en découvrant la boîte de velours rouge. Puis elle l'ouvrit à son tour et laissa échapper un hoquet de stupeur devant le collier qui brillait doucement.

— Dis-moi que ce sont des cristaux, le pria-t-elle, le souffle court.

— Ce sont des cristaux, mentit-il avec aplomb. Peu importe ce que c'est, du moment que ça te plaît…

— Beau, c'est magnifique, souffla-t-elle, émerveillée.

Les mains tremblantes, elle rassembla ses cheveux sur une épaule et attacha le collier à son cou. Suspendues à une mince chaîne de platine, cinq fleurs en or blanc se déployaient, de forme et de taille différentes, leurs pétales de diamant scintillants superbement sur sa peau nacrée. Elle courut jusqu'à un miroir, puis tourna vers lui un regard ému.

— C'est la plus belle chose que j'aie jamais vue.

— Le jardin que tu as créé pour moi est plus beau.

Inutile de préciser qu'elle était bien plus belle que tous les jardins du monde.

— En tout cas, il te va à la perfection, reprit-il. Je me suis dit que ce serait un souvenir de ton séjour ici.

— Je l'adore, mais je n'ai pas besoin de quoi que ce soit pour me souvenir de mon séjour à Dawncarden. Je ne pourrai jamais l'oublier.

Elle se troubla, comme si elle mesurait effectivement combien ce serait difficile… De l'oublier, lui ? Il l'espérait de tout son cœur. Cependant, il ne voulait pas que quoi que ce soit perturbe la perfection de la matinée ; aussi se leva-t-il en tenant le chiot dans ses mains.

— Allons déposer Rudy dans son panier. Il est temps de lancer ce tournoi de fléchettes. Le gagnant aura le droit de manger autant de cookies à la cannelle qu'il le pourra !

La matinée fut un enchantement et ils déjeunèrent à 14 heures, comme le voulait la tradition à Dawncarden, engloutissant tout ce que Chloé avait préparé, au point qu'ils pouvaient à peine bouger, mais la dinde et le dessert étaient un délice qui ne se refusait pas.

— Il y a des restes pour une semaine, soupira-t-elle.

— Tant mieux, j'adore les sandwichs à la dinde de Noël.

Après le repas, ils jouèrent avec Rudy, qui s'épuisa vite et retomba dans le sommeil avec la même facilité qu'un bambin épuisé.

Chloé s'émouvait de voir la façon dont Beau le regardait, comme s'il était un miracle. En fait, à chaque fois qu'il avait ce regard de tendresse émerveillée, elle mourait d'envie de le prendre dans ses bras. De qui se moquait-elle ? Elle brûlait surtout de lui arracher ses vêtements !

L'attraction qu'elle éprouvait n'avait fait que croître en son absence et elle peinait de plus en plus à la contrôler.

— Regarde par la fenêtre ! s'exclama-t-il soudain.

Elle poussa une exclamation éblouie.

— De la neige ! Enfin !

Elle courut vers la porte et, les bras levés vers le ciel, se mit à tournoyer sous les flocons qui commençaient à recouvrir tout le paysage. La bouche ouverte, elle en savoura quelques-uns du bout de la langue. Quand elle baissa la tête, elle découvrit Beau qui la regardait depuis le seuil, un immense sourire aux lèvres. Dire que, six semaines plus tôt, elle doutait qu'il sache comment sourire...

— Joyeux Noël, Chloé, lança-t-il en la rejoignant avec cette grâce virile qui la faisait vibrer. Ton vœu s'est réalisé !

— Oui, je voulais tellement mon Noël sous la neige, soufflat-elle sans pouvoir détourner le regard de ses yeux assombris.

Le désir brut qu'elle y lût lui coupa le souffle. L'instant d'après, sans bien savoir comment, elle tomba dans ses bras, et leurs bouches se trouvèrent. Ce fut lui qui s'écarta le premier, aussi haletant qu'elle.

— Pardon, je n'aurais pas dû...

— J'en avais autant envie que toi. En fait, j'ai envie de bien plus qu'un baiser, Beau. Je sais que c'est moi qui ai mis un terme à notre aventure, mais...

— Je veux plus qu'une aventure, Chloé.

Ses yeux, intenses, la transperçaient et elle se figea. Il se passa une main sur le visage, avant de reprendre :

— Tu m'offres ton corps et même si je brûle de désir pour toi, je veux plus.

Chloé sentit l'air quitter ses poumons comme elle réalisait le sens de ses mots.

— Je veux ton cœur, murmura-t-il.

12

Chloé aurait voulu se boucher les oreilles pour ne plus entendre ces mots qui la brûlaient.

— Je n'ai jamais eu l'intention de tomber amoureux de toi, mais c'est arrivé. Et je sais que l'idée de l'amour, tout comme celle de l'avenir, te terrifie, mais je n'y peux rien. Je t'aime, Chloé. Et je pense que l'amour vaut la peine de prendre tous les risques.

Non, non, non ! Il se trompait tellement ! Perdre l'amour, c'était pire que de perdre son âme ! Cela faisait mal à un point qu'elle n'aurait jamais soupçonné. Perdre l'amour était brutal, barbare, cruel... insupportable !

Elle recula instinctivement en secouant la tête.

— Non, ça n'en vaut pas la peine, balbutia-t-elle.

Il blêmit et son cœur se serra à la pensée de lui faire du mal.

— Je suis désolée, Beau. Je ne peux pas t'offrir mon cœur. Mon corps, oui. Mon amitié. Pas mon amour.

Jamais.

Les lignes autour de sa bouche se durcirent.

— Je crois que tu as besoin de regarder ce qui se passe au fond de ton cœur, Chloé. Je pense que les sentiments que tu as pour moi sont plus forts que ce que tu veux bien admettre. C'est pour ça que tu as eu tellement mal quand je t'ai injustement retiré ma confiance. C'est pour ça que tu te protèges si férocement depuis. Et c'est pour ça que tu m'as pardonné malgré tout.

Son regard intense soutenait le sien, lui coupant le souffle.

— Tu te trompes, s'exclama-t-elle brutalement. Je t'ai

pardonné parce que nous commettons tous des erreurs… et parce que c'est ce que font les amis.

— C'est plus que de l'amitié… C'est pour ça que tu m'as offert ce chiot, parce que tu ne veux pas que je sois seul.

— C'est seulement… Tu aimes les animaux ! s'écria-t-elle en agitant furieusement les bras contre une menace invisible.

— Chloé…

— Non ! Je refuse d'en écouter davantage. Tout ça n'a aucun sens ! J'ai besoin d'air, je vais marcher.

Déjà, il avait refermé une main sur la sienne, l'obligeant à s'arrêter. Elle voulut se défaire de son étreinte.

— Chloé !

Sa voix puissante la tira du vertige qui menaçait de lui faire perdre connaissance.

— Je ne t'empêcherai pas de prendre l'air, mais tu dois d'abord t'habiller chaudement.

Il avait raison. Bien sûr. Un manteau, des bottes, un bonnet, une écharpe…

Sans un mot, elle retourna vers la maison. Dans son dos, il poursuivit :

— Je sais que tu ne veux pas de ma compagnie, alors, je resterai à bonne distance derrière toi.

— Non ! Je t'interdis de me suivre !

— Très bien, je ne le ferai pas, à condition que tu me promettes de rester sur les chemins. La neige change le paysage et si tu t'aventures à travers champs, tu risques de te perdre.

Sa demande n'avait rien de déraisonnable. Elle n'aurait pas dû lui donner envie de lui hurler dessus. Elle se contenta donc d'un simple hochement de tête, tandis qu'il lui tendait son téléphone, qu'elle avait oublié sur la table.

— Appelle-moi si jamais tu te perds. Promets-le-moi.

Elle prit une inspiration heurtée.

— C'est promis.

Elle s'élança comme si elle était poursuivie par un danger mortel. Très vite, cependant, il devint assez clair qu'elle ne profitait pas de la magie du paysage dont elle avait tant rêvé.

Brusquement, elle s'arrêta et poussa un cri de rage et de douleur, soulagée que personne ne puisse l'entendre. Elle avait besoin d'évacuer la panique et la fureur de son corps. À force d'arpenter les confins du verger, elle y parvint : la colère reflua, la laissant à bout de forces et au bord des larmes.

Pourquoi fallait-il que Beau ruine tout ce qu'ils avaient ? La journée avait été tellement parfaite avant qu'il gâche tout ! Elle revit en pensée l'ouverture des cadeaux au pied du sapin, la joie de sa famille, le feu qui ronflait sourdement dans la cheminée.

Avec plus de vigueur que nécessaire, elle enleva la couche de neige des marches de l'échalier pour s'y asseoir, le menton dans les mains. Si seulement elle avait pu faire disparaître ces moments magiques de sa mémoire avec la même facilité !

Hélas, les cadeaux qu'il lui avait offerts étaient autant de rappels de tous les bons moments qu'elle avait vécus depuis leur rencontre. Bon sang ! Elle ne voulait pas le perdre !

Ses doigts glissèrent sur le délicat collier à son cou. Ce bijou était d'une beauté incroyable et tellement pertinent : tandis qu'elle créait pour lui le jardin de ses rêves, il lui avait offert un jardin à emporter partout. C'était un présent merveilleusement... romantique.

Non ! Elle ne voulait pas de romance ! À moins que... Beau lui avait demandé de sonder son cœur.

Elle bondit, de nouveau furieuse et perturbée. Il n'avait aucune idée de ce qu'il y avait dans son cœur ! Elle se remit en marche en refoulant avec rage les larmes qui lui montaient aux paupières.

Pour l'amour du ciel ! Il fallait qu'elle se remette !

D'accord, il était amoureux d'elle. Et alors ? Elle avait été claire, elle n'avait pas menti. Il s'en remettrait.

Malheureusement, les larmes menaçaient à présent de déborder. Beau ne méritait pas d'avoir le cœur brisé. Il avait été si bon pour elle – grognon et colérique quand elle en avait eu besoin, mais toujours présent. Il l'avait défiée avec un aplomb et un naturel que même sa famille avait perdus quand elle s'était enfoncée dans son deuil. Grâce à lui, elle s'était mise à voir l'avenir entièrement différemment. Elle lui devait tant...

Et au lieu de lui rendre une fraction de ce qu'il lui avait donné, elle le rejetait, au moment même où il pouvait de nouveau toucher du doigt son rêve. Il aurait dû avoir le cœur empli d'allégresse et d'espoir ! Pas brisé !

À ce propos, sa propre réaction était impardonnable... Pourquoi n'avait-elle pas été ravie de le voir obtenir ce contrat pour lequel elle lui avait dit de se battre ?

Cela méritait un peu d'introspection. Elle avait eu peur, voilà la vérité. Peur qu'il oublie leur jardin secret.

— C'est impossible, souffla-t-elle pour elle-même. Je ne suis pas superficielle et égoïste à ce point.

Pourtant, la vérité s'imposait à elle, implacable. Elle avait craint qu'il ne l'oublie ! Que son séjour incroyable à Dawncarden ne disparaisse de sa mémoire. Qu'il ne pense plus à la perfection de cette journée.

Perfection... Combien de fois avait-elle utilisé ce mot pour décrire le Noël merveilleux qu'elle avait vécu à ses côtés ?

Oui, elle avait passé un Noël parfait. Non pas parce qu'ils avaient réussi à rassurer sa famille, mais parce qu'elle l'avait passé *avec* lui... ce qu'elle avait jusque-là refusé d'admettre, parce que les sentiments qu'elle avait développés pour lui étaient forts, puissants, durables. Et cela la terrifiait !

Son cœur battait la chamade, sa vue se brouillait, si bien qu'elle dut s'appuyer au tronc d'un pommier pour ne pas tomber.

Si elle se détournait de lui, ce ne serait pas seulement le cœur de Beau qu'elle briserait, mais aussi le sien.

Elle l'aimait.

Elle aimait son sens de l'humour, son rire, sa passion pour la nature. Elle aimait sa gentillesse, sa sagesse et la façon dont il la touchait. Plus que tout, elle aimait son courage et sa force. Mais comment pourrait-elle supporter cet amour ? Que ferait-elle s'il mourait et qu'elle se retrouvait seule, sa vie en miettes ?

Chloé pressa la main sur sa bouche pour retenir un

gémissement de terreur. Ce serait infiniment plus dur que de se détourner maintenant de ce qu'il lui offrait.

Et pourtant... Avec le recul, se serait-elle éloignée de Mark pour ne pas vivre la douleur de son deuil ? Son souffle se bloqua dans sa gorge, le temps que la réponse parvienne à sa conscience. Non... Elle n'aurait pas reculé.

Alors, devait-elle le faire maintenant ? Accepter de vivre une existence factice, afin de protéger son cœur ? Ou bien trouver en elle le courage de choisir la perfection de leur histoire, sans garantie que celle-ci durerait ?

Chloé eut à peine conscience de revenir sur ses pas et de se mettre à courir de toutes ses jambes vers la maison en criant son nom. Il émergea en hâte et s'élança vers elle.

— Que se passe-t-il ? Qu'est-ce qui t'a effrayée ? s'alarma-t-il en la saisissant par les bras.

— Moi, seulement moi, haleta-t-elle, à bout de souffle.

— De quoi tu parles ?

— L'amour..., souffla-t-elle en se tenant les reins pour prendre une inspiration profonde et calmer le rythme effréné de son cœur. C'est l'amour qui m'a effrayée.

— Ce n'est pas une nouvelle pour moi, répliqua-t-il, un sourcil levé avec ironie.

— Tu m'as piégée ! lança-t-elle avec un regard noir. Tu n'étais pas censé être aussi... parfait ! Ni aussi sexy ! Je ne voulais plus jamais ressentir tout cela, et tu m'y as contrainte !

— Et alors ? Ce n'est que justice. Toi aussi, tu m'as obligé à ressentir des émotions dont je ne voulais pas, en me traitant d'idiot et de tyran au passage.

Elle planta un doigt accusateur sur son torse.

— Tu crois que l'amour a quoi que ce soit à voir avec la justice ? accusa-t-elle. Je ne voulais pas tomber amoureuse de toi ! J'ai tout fait pour éviter de me confronter à mes sentiments, et voilà que tu m'annonces sans détour que tu m'aimes et que tu veux plus et... Comment est-ce que ça pourrait fonctionner entre nous, de toute façon ? Nos vies sont à des milliers de kilomètres et tu vas être sans cesse parti sur tes tournages ! Et...

— Chloé, murmura-t-il, radouci.

— Non ! Ne m'interromps pas ! Je n'ai pas dit le plus important. Je t'aime, Beau.

Il lui sourit et elle sentit son cœur fondre sous son regard brûlant.

— Je t'aime aussi, Chloé.

Elle parvint de justesse à réprimer le sourire instinctif qui lui montait aux lèvres, et haussa les épaules pour feindre la nonchalance.

— Tu l'as déjà dit.

Son magnifique sourire s'élargit encore et elle dut rassembler toute sa volonté pour ne pas l'embrasser sur-le-champ en oubliant toutes les questions compliquées qui restaient en suspens.

— Tu dis que tu veux plus. Qu'est-ce que ça veut dire, exactement ? Parce que laisse-moi te dire que, quitte à plonger, je veux la totale ! Un engagement pour toujours, des enfants, nos carrières…

— C'est exactement ce que je veux, moi aussi ! s'exclama-t-il en prenant ses lèvres avec une telle passion que ses dernières résistances disparurent dans un brouillard enfiévré.

— Très bien, dans ce cas, tu as intérêt à me promettre d'être sacrément prudent avec les alligators, les hippopotames et tous les autres animaux dangereux que tu filmeras.

Elle ne pouvait pas lui demander de renoncer à ses documentaires, pas alors que c'était sa passion et qu'il y excellait. Néanmoins, elle ne comptait pas non plus nier les risques d'une telle activité.

— Je te promets que je n'ai aucune intention de me mettre en danger, ma douce. Et de toute manière, il n'est pas question que je reparte aux quatre coins du monde avec cette nouvelle série.

Chloé cligna des paupières, trop stupéfaite pour parler.

— Être de retour à Dawncarden, discuter des pipistrelles et du jardin avec toi… tout ça m'a donné envie de prendre une nouvelle direction. Je veux montrer aux gens les trésors qu'ils ont juste à leur porte et leur expliquer comment ils peuvent préserver la vie sauvage dans leur propre jardin.

— Beau… c'est un merveilleux projet, murmura-t-elle. Est-ce que… tu veux dire que tu seras principalement installé à Dawncarden ?

— Exactement. J'ai eu le feu vert de la chaîne. Et je me disais que, si tu obtiens des contrats sur de grands domaines en Angleterre, tu accepterais peut-être de t'y installer, toi aussi.

Vivre auprès de lui dans ce paradis ? Un espoir aveuglant montait en elle et Chloé s'y abandonna tout entière.

Un moment plus tard, elle se retrouva pelotonnée contre lui sur le canapé, tandis que Rudy dormait dans son panier à leurs pieds.

— J'ai été un idiot de te déclarer mon amour sans précaution comme je l'ai fait, Chloé. Je suis désolé. Je savais que tu avais besoin de temps.

— Si je n'avais pas essayé de te remettre dans mon lit, tu n'aurais pas eu besoin de dire que tu voulais plus…

— Tu n'imagines pas comme j'étais tenté d'accepter ton offre sans réfléchir aux conséquences.

Elle posa une main sur sa joue.

— Tu as bien fait de décliner. Tu mérites plus et tu as eu raison de le demander.

— C'est toi qui m'as appris à ne pas me contenter de moins que ce que je voulais. Tu m'as fait comprendre que me renfermer sur moi-même n'avait aucune utilité, sinon me faire du mal. Tu m'as fait voir que certaines personnes voyaient au-delà de mes cicatrices et des rumeurs. Si tu n'étais pas venue, j'aurais fini ici, amer et reclus.

Chloé secoua la tête.

— Non, tu aurais trouvé le moyen de rebondir. Je n'ai fait que donner l'impulsion, mais tu étais prêt.

Elle prit son visage entre ses mains et l'embrassa tendrement, le cœur débordant d'amour et de gratitude.

— Qu'est-ce qui t'a décidée à prendre le risque, pour nous deux ? s'enquit-il.

— Eh bien... perdre Mark a été atroce.

Il souleva son menton du doigt pour plonger son regard dans le sien.

— Je sais combien tu aimais Mark, Chloé. Tu n'as pas à ressentir la moindre gêne. Je ne suis pas jaloux, seulement désolé que tu aies eu à vivre une telle épreuve.

La chaleur dont il l'environnait apaisa la brûlure qui s'était réveillée dans sa poitrine et elle se serra contre lui.

— En tout cas, reprit-elle, je crois que je suis tombée amoureuse de toi à l'instant où tu m'as accueillie en m'agressant. C'est fou, je sais. Mais je me suis sentie... libérée. Mon cœur a compris qu'il avait trouvé l'homme parfait pour moi, bien avant que mon esprit l'admette. Et puis, quand j'allais et venais dans le verger enneigé, tout à l'heure, j'ai compris que malgré le chagrin, je n'aurais jamais renoncé à mon histoire avec Mark.

Elle posa la main à l'endroit où battait son cœur.

— J'aurais été folle de me détourner de toi par peur. Rien ni personne ne pourrait me rendre plus heureuse que toi, Beau. Finalement, même s'il m'a fallu du temps, j'ai compris que je n'avais tout simplement pas le choix.

— Tu es la femme la plus étonnante que je connaisse, Chloé. Si belle, si intelligente... Je veux prendre soin de toi jour après jour.

— Est-ce que tu promets aussi de me crier dessus quand l'humeur t'en prendra ?

— Si tu continues de le faire, avec plaisir !

— Et tu promets de m'embrasser chaque jour comme s'il n'y avait rien de meilleur au monde ?

— Il n'y a *rien* de meilleur au monde, reprit-il en se penchant vers elle.

— Et tu promets de soutenir mes futures tentatives de *shortbreads* ?

— Tu en demandes beaucoup ! dit-il en riant. Mais oui, je promets.

Sur cette promesse, il l'embrassa.

Épilogue

Deux ans et demi plus tard

— Tadaaa !

Chloé cligna des paupières quand Beau lui ôta le bandeau qu'il avait noué sur ses yeux, puis son cœur s'emplit d'une émotion vibrante. Il avait installé une table garnie des mêmes mets que pour leur mariage, un an plus tôt. Tout le jardin avait été décoré de lanternes et de guirlandes lumineuses.

— Comment as-tu réussi à faire tout ça sans que je le sache ? murmura-t-elle.

Il avait dû se lever aux aurores, en même temps que les alouettes. Machinalement, elle tendit l'oreille, en quête du pépiement des nouveau-nés, dont les œufs ne devaient plus tarder à éclore.

Beau leur servit deux coupes avant de lever la sienne.

— Joyeux anniversaire ! À la plus merveilleuse femme que je connaisse. Merci pour ces deux dernières années et demie, les plus heureuses de ma vie...

Elle trinqua avec lui, émue.

— Au plus merveilleux mari dont une femme puisse rêver.

Elle ne prit qu'une minuscule gorgée, en se remémorant les lieux, un an plus tôt. Beau avait fait venir sa famille et ses amis à Dawncarden, y compris la famille de Mark, qui avait été si heureuse pour elle. Tout le village avait été en effervescence pour accueillir les invités et participer à la fête. Ils avaient organisé un apéritif tout simple dans le jardin, suivi d'un buffet de déjeuner dans le verger, le tout organisé par Stéphanie et ses talents d'experte. Les rires avaient résonné tout au long de cette journée parfaite.

— Tu es heureuse ? s'enquit doucement Beau en entremêlant ses doigts aux siens, tandis qu'ils arpentaient l'un des chemins du jardin désormais luxuriant.

— Plus que je ne l'aurais cru possible, admit-elle en posant un baiser sur ses doigts.

— J'ai voulu recréer un peu de cette journée magique, parce que t'épouser reste le plus beau jour de ma vie.

— Plus beau que celui où tu as appris que ta série avait atteint le top des audiences ?

— Plus ! Même si, je te l'accorde, c'était aussi une sacrément bonne journée...

Elle serra doucement sa main. Il avait travaillé si dur pour que ses créations soient passionnantes. Il l'impressionnait tellement ! Et elle n'était pas la seule ! Il recevait chaque jour des tonnes de mails de fans qui demandaient des conseils pour accueillir la vie sauvage dans leur jardin ou dans des espaces en friche dans leur quartier.

— Je ne suis pas le seul à avoir trouvé ma voie... Tu as décidé quel contrat tu allais accepter ?

De fait, elle n'avait pas non plus chômé ! Elle avait œuvré à la transformation de trois grands jardins publics. Comme ses projets étaient importants et visibles, elle était très demandée. Ainsi, on lui avait proposé de créer un jardin aromatique géométrique sur le domaine royal de Kensington. Et, dans le même temps, elle avait reçu une demande de la Société botanique australienne pour une série de conférences. Jamais elle n'aurait pu imaginer connaître un succès aussi foudroyant.

Tout s'enchaînait si vite... Beau et elle faisaient de leur mieux pour accorder leurs emplois du temps, mais ils étaient contraints de se séparer régulièrement pour quelques jours. C'était la seule ombre au tableau de leur existence, mais un sacrifice nécessaire, puisqu'ils adoraient tous deux leur travail.

Quoi qu'il arrive, elle allait devoir ralentir un peu le rythme. Un sourire secret lui monta aux lèvres, comme elle levait les yeux vers Beau. Elle passa un bras autour de sa taille.

— J'attendais de connaître ton planning pour prendre ma décision, expliqua-t-elle.

Si seulement ils pouvaient travailler dans la même région ces prochains mois, ce serait merveilleux...

Ils s'arrêtèrent près du charme, qui restait leur coin favori du jardin.

— Justement, je voulais te parler de quelque chose, annonça-t-il.

— Ouh là, ça a l'air sérieux, fit-elle mine de s'inquiéter.

— Pas du tout. Il s'agit d'une opportunité... La chaîne aimerait te proposer de faire une séquence pour chacune de mes émissions, où tu partagerais des conseils pour l'entretien des jardins. Ce serait génial si on parvenait à adapter ton travail au thème de chaque épisode.

Son pouls s'était emballé à mesure qu'il parlait.

— Mais... les gens n'ont pas envie de me voir à l'écran, balbutia-t-elle. C'est toi qu'ils veulent.

— Toi aussi, tu serais parfaite.

— Absolument pas !

— Chloé, tu es une poule mouillée, voilà tout. Tu as peur d'apparaître à l'écran.

Elle croisa les bras sur sa poitrine.

— C'est toi qui aimes l'attention des caméras, le contra-t-elle. Une seule star suffit dans la famille, merci bien !

— Aider les gens à créer leurs jardins de rêve est ta passion, reprit-il calmement. La série ne fait que prendre de l'ampleur, parce que le public a envie de créer ces petits coins de paradis sauvegardés. Et tu peux aider. Imagine le poids que tu aurais si tu apparaissais à mes côtés chaque semaine.

— Oui, mais...

— Il n'y a pas de « mais »... C'est une opportunité incroyable et tu le sais aussi bien que moi.

Admettons. Seulement, l'idée de passer à la télé la terrifiait !

Elle n'arriverait jamais à prononcer un mot sans trembler de tous ses membres ! Elle passerait pour une idiote.

— Travailler sur ce projet ensemble, ça veut surtout dire que nous n'aurions plus à nous séparer pour de longues périodes, lui rappela-t-il, le regard plein de défi. Nous pourrions passer plus de temps ensemble...

D'accord, ce serait parfait... Mais elle ne pouvait s'empêcher de frissonner à l'idée de se retrouver incapable de prononcer le moindre mot devant la caméra.

— De quoi as-tu vraiment peur ? s'enquit-il en l'obligeant à plonger son regard dans le sien.

Elle leva le menton et admit précipitamment :

— Je ne sais pas parler à la caméra.

— Et c'est normal, puisque tu ne l'as jamais fait. Tu ne seras pas jetée dans la fosse aux lions, tu vas d'abord être entraînée par les meilleurs.

— Ah bon ? souffla-t-elle, comme la tentation montait d'un cran.

Passer plus de temps avec Beau... Elle secoua brusquement la tête.

— Je vais forcément commettre des erreurs, j'aurai l'air stupide. Tout le monde croira que je ne sais absolument pas de quoi je parle et ça desservira le propos. Sans compter que je perdrai toute crédibilité !

— Est-ce que j'ai l'air stupide quand je commets des erreurs à l'écran ? répliqua-t-il.

— Tu n'en fais pas !

Il éclata de rire et reprit ses mains dans les siennes.

— Tu aurais le dernier mot sur ce qui passerait à l'écran, assura-t-il. Si tu n'aimes pas une prise, on la coupe, c'est aussi simple que ça.

Chloé s'immobilisa, le cœur battant. Elle commençait à sérieusement envisager l'idée...

— Tu es sérieux ?

— Parfaitement sérieux.

Elle tendit vers lui un doigt accusateur.

— Tu as fait jouer tes contacts pour obtenir cette proposition.

— Je te jure que non. L'idée vient du directeur de la chaîne. C'est un ami d'Abercrombie.

Abercrombie était le gérant d'un des jardins qu'elle avait aménagés. Bon sang ! Malgré sa peur, elle était forcée de reconnaître que ce serait parfait...

— Il a fait ses propres recherches, poursuivit Beau. Il a visité les jardins que tu as créés. Et c'est aussi pour cette raison qu'il s'est invité ici le mois dernier. Il voulait voir par lui-même comment tu parles, comment tu bouges et si tu étais faite pour le job... Bien sûr, je n'en savais rien à l'époque, sinon je t'aurais évidemment prévenue.

Elle le croyait sans l'ombre d'un doute. Ils se soutenaient mutuellement depuis le début. Beau l'attira à lui pour un baiser brûlant.

— Est-ce que tu me promets au moins d'y réfléchir ? demanda-t-il.

Comment pouvait-elle lui refuser quoi que ce soit quand il la regardait ainsi ? Elle prit une inspiration pour éloigner l'angoisse. S'il y avait bien une chose qu'elle avait apprise depuis qu'elle l'avait rencontré, c'était de ne jamais laisser la peur gagner.

— Il n'y a pas besoin de réfléchir, répondit-elle.

Elle perçut la déception dans son regard, mais il lui caressa tendrement la joue.

— Comme tu voudras.

— Non, ce que tu proposes est parfait, rectifia-t-elle. Ce serait stupide de tourner le dos à une telle opportunité.

Son visage s'éclaira aussitôt.

— Tu es sérieuse ?

— Tu dois d'abord me promettre que tu ne me laisseras jamais me ridiculiser à l'écran.

— C'est promis ! s'écria-t-il en contenant à peine sa joie.

Ses yeux brûlaient d'une telle chaleur qu'elle fut tout à fait convaincue que ça valait le coup de maîtriser ses nerfs pour le rendre heureux...

Soudain, elle reprit :

— C'est parfait parce que je voulais de toute façon ralentir un peu le rythme. Je ne vais pas avoir le choix, en fait…

Doucement, elle prit sa main pour la poser sur son ventre.

— Nous allons avoir un bébé.

— Un bébé ? répéta-t-il, l'air si hagard qu'elle ne put retenir un rire.

— Je suis allée confirmer mes doutes chez le médecin. Le bébé et moi nous portons comme un charme. Ce qui signifie que tu vas devoir aménager la nurserie.

Il la souleva tout à coup dans ses bras dans un cri d'allégresse. Quand il la reposa au sol, il prit son visage entre ses mains, les yeux brillants.

— Merci pour cette nouvelle extraordinaire, ma douce.

Puis il la souleva dans ses bras pour l'installer sur une chaise, à l'ombre du grand arbre.

— Tu as besoin de repos.

— Pas du tout, assura-t-elle, en le laissant tout de même faire, parce que la lumière qui éclairait son regard en cet instant la faisait fondre.

— Tu es contente ? s'inquiéta-t-il tout à coup en s'agenouillant près d'elle.

— Folle de joie, plutôt. Et toi ?

— Plus que je ne saurais dire. C'est parfait, Chloé. Absolument parfait. Je me sens… incroyablement chanceux, depuis le jour où tu es entrée dans ma vie, Chloé Ivy Belle Jennings. Tu m'as fait prendre conscience que ma vie était emplie de belles choses.

Elle hocha la tête, parce qu'elle voyait exactement ce qu'il voulait dire. Elle l'aimait tellement ! Chloé se pencha pour presser un baiser sur ses lèvres.

— Et grâce à toi, je suis redevenue moi-même, Beau. Ensemble, nous sommes tellement forts. Je veux créer avec toi une famille pleine d'amour et de rires.

Il posa les lèvres sur ses paumes.

— Je vais faire tout ce qui est en mon pouvoir pour que vous ne manquiez jamais de rien, toi et le bébé.

— La seule chose qu'on veut, c'est toi, souffla-t-elle en le poussant sur une chaise pour s'asseoir sur ses genoux. Tu as fermé la porte du jardin ?

Il hocha la tête, les yeux emplis de promesses.

— La clé est dans ma poche.

— Alors il est temps que tu m'embrasses...

Et c'est exactement ce qu'il fit, comme s'il n'y avait rien de meilleur au monde.